KB177936

헬싱키 로카마티오 일가 이면의 사실들

헬싱키 로카마티오 일가 이면의 사실들

얀 마텔 소설 공경희 옮김

작가
정신

차례

작가 노트

열아홉 살이던 대학 이 학년 때, 공부가 중단되어버렸다. 어른이 된 나의 삶에 장막이 걷히고 자유가 보장되는 것 같았다. 그 자유로 어떻게 할 것인지가 나를 괴롭히기 시작했다. 예전부터 학위를—학사, 석사, 박사—받아 성공가도를 꾸준히 달리고 싶었다. 하지만 그해에 나는 뭐가 뭔지 모르는 상태에서 칸트의 구절에 매달렸고, 두 과목에서 낙제하면서 성공가도가 끊겨버렸다. 앞을 보니 현기증이 일었다.

이런 젊음의 존재론적인 위기를 맞아 첫 번째 창의적인 노력의 결과물로 1막짜리 희곡이 탄생했다. 꼬박 사흘에 걸쳐 쓴 작품이었다. 문짝과 사랑에 빠지는 청년의 이야기였다. 친구가 그 사실을 알고는 문을 부숴버린다. 우리의 주인공은 자살을 한다. 끔찍한 작품임은 두말하면 잔소리. 미숙함 때문에 시들어버린 작품이었다. 하지만 바이올린을 만난 기분이었다. 바이올린을 들고 활로 현을 그었다. 소리는 형편없었지만, 얼마나 멋진 악기인지! 배경을 정하고, 등장인물들을 만들어내고, 대화를 주고, 플롯을 구성하고, 이런 것들을 통해 내 인생관을 드러내는 일에 깊이 끌렸다. 모든 에너지를 쏟을 일을 발견한 셈이었다.

그래서 썼다. 다른 희곡을 써서—지독한 모방 작품이었다—산문으로 바꾸었다. 단편을 쓰고—하나같이 형편없었다—소설을 쓰고—똑같이 형편없었다—그다음에 단편을 더 많이 썼다—괜찮은 작품이 없었다. 바이올린을 얻었다고 친다면, 나는 형편없는 연주로 이웃들을 미치게 만들었다. 하지만 뭔가 나를 끌어당겼다. 거기서 미래를 봐서가 아니었다. 내가 휘갈겨 쓴 글들과 서가에 꽂힌 장서 사이에는 아무 연관도 없는 것 같았다. 나는 글을 쓰는 것을 시간 낭비로 여기지 않았지만—정말 짜릿한 일이었다—그렇다고 인생을 설계하고 있다는 생각도 하지 않았다. 사실 아무 생각도 안 했다. 그냥 써댔다. 파가니니처럼(소질 없는 파가니니겠지만) 미친 듯이 적어나갔다.

하지만 꾸준한 연습 덕분에 더디게 글이 나아졌다. 여기저기 아름다운 대목이 나타났다. 이야기의 토대는 감정적인 토대라는 생각이 들었다. 이야기가 감정적으로 흐르지 않으면, 이야기는 제대로 풀리지 않는다. 감정이 포인트는 아니다. 사랑이든, 질투나 공감이든 설득력 있게 전개된다면, 이야기는 생생해진다. 하지만 이야기가 기억에서 희미해지지 않으려면, 마음을 자극해야만 한다. 지성은 감성에 뿌리를 내리며, 감성은 지성으로 구성된다—다르게 말하자면, 감동을 주는 좋은 아이디어—그게 내 높은 목표였다. 그런 감성적인 아이디어가 떠오르자, 영감의 불꽃이 정신에 불을 댕긴 것 같았다. 처음 느껴 보는 힘이 솟았다.

아무 데서나, 어느 곳에서나 영감을 얻었다. 책들, 신문, 영화, 음악, 일상생활, 만난 사람들, 추억과 경험, 또 내 안에 숨겨져 있다가 불쑥 떠오르는 신비스러운 창의력에서 영감을 얻었다. 나를 이야기를 받아들이는 상황으로 밀어 넣었다. 눈과 귀로 이야기를 찾아다녔다. 안이 아닌 바깥을 보았다. 즐겁게 탐구했다. 탐구는 내가 배우는 방식이었고, 나만의 대학이었다. 이야기를 만들려고 세상을 조사하는 것보다 즐거운 일은 없었다.

한편 나는 부모님과 함께 살았다. 아니 정확히 말하면 부모님에게 기대 살았다. 집세도 생활비도 안 냈다. 나는 단기적으로 일하면서도—나무를 심고, 설거지를 하고, 경비원으로 일했다—글쓰기를 계속했다. 장래가 보장되는 일을 하지 않는다는 것이 걱정스럽지 않았다(다행히 부모님도 염려하시지 않았다. 예술가라면 후견인이 필요하니 얼마나 다행인지). 왜냐면 긴 이야기가—중편소설이라고 할 수 있을까—머릿속에 있었으니까. 그게 「헬싱키 로카마티오 일가 이면의 사실들」이었다. 에이즈를 앓다 죽은 친구에게서 영감을 받은 이야기다. 하지만 그 가운데는 삶이 있었다. 갓난아기나 고귀한 바이올린 독주곡에서 볼 수 있는 삶이 거기 있었다. 싱그럽고 소망에 차, 모든 일을 가치 있게 만드는 그런 삶이 거기 있었다. 그런 삶이 내 손안에서 꿈틀거리는 마당에, 어떻게 잠자리와 노인 연금 따위를 걱정할 수 있을까?

소설들을 여기저기 보냈다. 열여섯 작품을 열여섯 군데에 보냈다. 열여섯 번 딱지를 맞았다. 다시 열아홉 가지 이야기를 열아홉 군데 출판사에 보냈다. 두 작품이 받아들여졌다. 성공확률 5.7퍼센트. 상관없었다. 나는 뭔가 이루어질 때까지 글쓰기를 밀고 나갈 터였다. 아무 일도 이루지 못했고 지금도 그렇지만, 그래도 행복하다.

이 책에 수록된 네 작품은 작가 초년병 시절에 거둔 최고의 수확이다. 다 잘됐다. 덕분에 몇 번 상도 탔다. '헬싱키'는 연극과 영화로 제작되었고, 「죽는 방식」 역시 영화화되고 두 번 무대에 올려졌다. 이 책은 1993년 캐나다에서 처음 소개되었고, 다른 여섯 나라에서도 출판되었다. 소설이 발표되자, 벽을 쾅쾅 치던 이웃들은 내게 와서 "브라보!"를 외쳤다. 나로서는 경이였고, 감사했다—지금도 고맙다.

십 년이 지나 이 네 편의 소설을 약간 수정해서 독자들에게 다시 선보이게 되어 행복하다. 격하게 떠들고 싶던 젊은 날의 충동을 가라앉히고, 군데군데 엉성했던 문장도 손질했다. 물론 또 들려줄 이야기들이 있지만, 내게는 늘 세계 초연의 기쁨과 흥분을 간직한 네 작품이 될 것이다.

헬싱키 로카마티오 일가 이면의 사실들

The Facts Behind
the Helsinki Roccamatios

폴과 아주 오래 안 것은 아니었다. 우리는 1986년 가을, 토론토 동쪽에 있는 로타운 소재 엘리스 대학교에서 만났다. 나는 시간을 내서 일하고 인도에 여행을 다녀온 참이었다. 난 스물세 살이었고 졸업반이었다. 폴은 막 열아홉 살이 되었고, 일 학년 신입생이었다. 그해 초 엘리스 대학교에서는 사 학년생 몇 명이 신입생들에게 대학을 소개했다. 짓궂은 장난으로 그러는 것은 아니고 그냥 상급생들이 도움을 주는 프로그램이었다. 졸업반 선배는 '아미고'(스페인어로 '친구'라는 뜻—옮긴이), 일 학년 후배는 '아미지'로 불린다. 이것만 봐도 로타운에서 스페인어를 얼마나 많이 쓰는지 드러난다. 난 아미고였고, 아미지들은 대부분 활달하고 열정적이고 어렸다—아주 어렸다. 그러나 나는 냉담하면서도 지성적인 호기심을 가진 폴이 마음에 들었다. 회의하는 태도가 좋았다. 우린 마음이 통해서 붙어 다니기 시작했다. 난 연상이고 경험도 더 많은 터라, 스승이라도 되는 듯 말했고, 폴은 제자처럼 귀담아들었다—눈썹을 치뜨고, 내 면전에 대고 잘난 체 말라고 말할 때도 있었지만. 그러면 우리는 웃으면서 스승, 제자 관계를 접고, 본래의 모습으로 돌아가곤 했다. 진심을 나누는 친구 관계로.

그러다가 이학기에 접어들자마자 폴이 병에 걸렸다. 크리스마스 무렵에는 열이 났고 그 후 마른기침이 멎지 않았다. 처음에 그는—우리는—별다르게 생각하지 않았다. 추위와 건조한 공기 때문으로 여겼다.

서서히 상태가 악화되었다. 당시에는 중요하게 여기지 않았지만, 돌이켜보면 징후가 있었다. 식사 때면 다 먹지 못하고 남겼다. 설사를 한다고 불평한 적도 있었다. 나른한 정도를 넘어설 만큼 기운이 없었다. 어느 날은 도서관 계단을 올라갈 때, 꼭대기에서 멈춰 서야 했다. 고작 스물다섯 계단이었는데도. 숨이 찬 폴이 쉬고 싶어해서였다. 또 폴은 몸무게가 빠지는 것 같았다. 말하기 어려웠지만 커다란 겨울 스웨터와 다른 옷들을 생각해보면 연초에는 분명히 몸집이 더 컸다. 분명히 문제가 있다 싶자 우리는 이야기를 했고—그냥 아무렇지 않게—나는 의사인 체하면서 "어디 봅시다…… 숨이 차고 기침이 나고 살이 빠지고 피곤하군요. 폴, 폐렴에 걸렸네요"라고 말했다. 물론 농담이었다. 내가 어떻게 알겠는가? 그런데 정말 폐렴이었다. 정확히 말하면 '주폐포자충 폐렴'이라는 PCP(Pneumo Cystis Carinii Pheumonia—옮긴이). 2월 중순 폴은 가족의 주치의에게 진찰을 받으러 토론토로 갔다.

구 개월 후 그는 죽었다.

에이즈였다. 폴은 내게 전화해서 무심한 말투로 알렸다. 토론토로 간 지 이 주가 지났을 때였다. 그는 방금 병원에서 돌아오는 길이라고 했다. 나는 비틀거렸다. 처음 떠오른 생각은 나에 대한 것이었다. 폴이 내가 있는 데서 베인 적이 있던가? 그렇다면 어떻게 됐지? 그가 마시던 잔으로 내가 술을 마신 적이 있나? 음식을 나눠 먹은 적이 있나? 나는 그의 병과 접촉했을 가능성을 생각해보려고 애썼다. 그런 다음에야 폴에 대해 생각해봤다. 동성애와 마약 흡입 가능성도 따져봤다. 하지만 폴은 게이가 아니었다. 아니라고 확실히 말한 적은 없었지만, 난 폴을 잘 알았고 그런 기미조차 느낀 적이 없었다. 또 헤로인 중독자라는 상상도 할 수가 없었다. 아무튼 그건 아니었다. 삼 년 전, 열여섯 살이었을 때 폴은 부모님과 자메이카로 크리스마스 휴가를 갔다. 거기서 교통사고를 당했다. 폴은 오른 다리가 부러졌고 출혈이 있어 현지 병원에서 수혈을 받았다. 사고 목격자 여섯 명이 수혈해주겠다고 자청했다. 그 가운데 세 사람의 혈액형이 맞았다. 몇 통의 전화가 오가고 조사 끝에, 그중 한 명이 이 년 후에 폐렴 치료를 받다가 갑자기 죽었다는 사실이 밝혀졌다. 부검 결과 그 남자는 심각한 톡소포자충 뇌병변(톡소포자충은 기생충으로 뇌기형을 일으키기도 한다. 에이즈 환자에게 많이 나타난다—옮긴이)이었다. 그렇게 감염된 듯했다.

그 주말에 폴을 만나러 갔다. 그의 집은 부유한 로즈데일에 있었다. 솔직히 가고 싶지 않았다. 머릿속에서 그 일 전부를 막고 싶었다. 폴에게 부모님이 손님을 반기겠냐고 물었다—안 가려는 구실이었다. 폴은 오라고 고집했다. 그래서 갔다. 겪어낼밖에. 차를 몰고 토론토로 갔다. 부모님에 대한 내 염려는 맞아떨어졌다. 첫 주말에 가장 상처를 받은 것은 폴이 아니라 가족이었다.

바이러스의 감염 경로가 파악되자 폴의 아버지 잭은 종일 한마디도 하지 않았다. 다음 날 아침 일찍 그는 겨울 파카를 걸치고, 지하실에서 연장통을 챙겨 대로변에 세워둔 차를 부수기 시작했다. 자메이카에서 사고가 났을 때 운전한 사람이 바로 그였다. 그가 사고를 낸 것도 아니었고, 차도 렌터카였지만. 잭은 망치를 들고 전조등과 창문을 박살 냈다. 차체를 몽땅 부숴버렸다. 그는 타이어에 못을 박았다. 연료통에서 가솔린을 빼내서 차체에 붓고 불을 당겼다. 이웃들이 소방서에 신고했다. 소방차가 달려와서 불을 껐다. 경찰도 왔다. 잭이 불을 지른 이유를 불쑥 말하자 모두 상황을 이해했고, 경찰은 죄를 묻지 않고 떠났다. 다만 경관들은 병원에 가겠냐고 물었고, 잭은 가지 않겠다고 대답했다. 내가 길 안쪽에 있는 폴네 저택으로 걸어가면서 처음 본 것은 소화기 분말 가루를 뒤집어쓴 채 불타버린 벤츠였다.

잭은 열심히 일하는 기업전문 변호사였다. 폴이 나를 인사시키자, 잭은 씩 웃으면서 손을 내밀어 "만나서 반갑네!"라고 인사했다. 그러고는 달리 할 말이 없는 눈치였다. 그의 얼굴이 빨갰다. 폴의 어머니 메리는 안방에 있었다. 학기 초에 그녀를 만난 적이 있었다. 젊은 시절 맥길 대학교에서 인류학 석사 학위를 취득했고, 실력을 인정받은 아마추어 테니스 선수여서 원정 경기도 많이 한 부인이었다. 지금은 인권단체에서 시간제로 일하고 있다. 폴은 어머니를 자랑스러워했고, 모자관계가 남달리 돈독했다. 메리는 똑똑하고 에너지가 넘치는 여성이었다. 하지만 침대에 태아처럼 웅크리고 누운 모습은, 활기가 빠져나가 주름진 풍선 같았다. 폴은 침대 옆에 서서 "어머니야"라고만 말했다. 메리는 아무 반응이 없었다. 어째야 좋을지 난감했다. 토론토 대학원에서 사회학을 전공하는 폴의 누나 제니퍼는 혼란스러워하는 상태가 얼굴에 드러났다. 빨갛게 충혈된 눈이며 퉁퉁 부은 얼굴하며, 끔찍해 보였다. 웃기게 말할 뜻은 없지만, 래브라도 종인 개 '조지 H'까지도 슬픔에 짓눌린 것 같았다. 조지 H는 거실 소파 밑에 들어가서 꼼짝하지 않았고, 종일토록 깨갱댔다.

수요일 아침, 진단이 나왔고, 그 후(이날은 금요일이었다) 조지 H를 포함해서 가족 모두 식음을 전폐했다. 폴의 부모님은 출근하지 않았고, 제니퍼는 등교하지 않았다. 그들은 아무 데서나 잠에 빠졌다. 어느 아침, 잭이 거실 바닥에서 자고 있었다. 그는 옷을 다 입은 채, 페르시아 카펫을 몸에 덮고 소파 밑에 있는 개에게 손을 뻗고 있었다. 쏟아지는 전화를 제외하면 집은 적막했다.

그 소용돌이 한가운데 폴이 있었다. 그는 아무 반응도 하지 않았다. 마치 가족들이 슬픔과 고통을 안고 참석한 장례식에서 전문가답게 침착하고 무덤덤하게 지휘하는 장례식 집행자 같았다. 내가 그곳에 간 지 사흘째 되던 날에야 폴은 반응을 보이기 시작했다. 하지만 그는 죽음을 인식하지 못했다. 폴은 무시무시한 일이 닥치고 있다는 것은 알았지만, 그것을 이해하지는 못했다. 죽음은 저편에 있었다. 죽음이란 이론적인 추상적 개념이었다. 그는 외국 소식 전하듯 몸 상태에 대해 이야기했다. "방글라데시에서 유람선 조난 사고가 있었대"라고 말하는 것처럼 "난 죽게 될 거야"라고 말했다.

주말에만 머무를 계획이었지만—수업이 있었다—결국 열흘간 지냈다. 그동안 청소와 요리를 많이 했다. 가족들이 알아주지 않았지만 상관없었다. 폴이 거들어주었는데, 그는 할 일이 있어서 좋아하는 눈치였다. 우리는 차를 견인했고, 폴의 아버지가 망가뜨린 전화기를 새것으로 바꾸었다. 먼지 하나 없이 청소를 했고, 조지 H를 목욕시켰다(조지 H는 폴이 비틀스를 좋아해서 지은 이름이다. 어렸을 때 폴은 개를 산책시킬 때면 혼잣말로 '지금 사람들은 몰라도 비틀 폴[비틀스의 멤버 중에 이름이 같은 폴 매카트니가 있다—옮긴이]과 비틀 조지[역시 비틀스 멤버 중 조지 해리슨이 있다—옮긴이]가 토론토의 거리를 걷고 있어'라고 중얼대는 아이였다. 또 '시아 스타디움' 같은 곳에서 〈헬프!〉를 노래하는 기분이 어떨지 꿈꾸곤 했다). 우리는 장을 보러 갔고, 가족들을 먹게 했다. '우리'라고 하는 것은 '폴이 도와주었기' 때문이다—사실은 내가 모든 일을 하는 사이 그는 근처 의자에 앉아 있었다. '다프소네'와

'트리메토프림'이라는 약이 폐렴을 치료했지만, 폴은 여전히 힘이 없고 숨이 찼다. 그는 노인처럼 느릿느릿, 행동 하나하나를 의식하며 움직였다.

한참 지난 후에야 가족은 충격에서 벗어났다. 폴의 투병생활 중, 가족이 세 단계를 겪는다는 것을 알아차렸다. 먼저 집에서 고통이 바싹 다가오면 그들은 몸을 빼고 각자 자기 일을 하곤 했다. 폴의 아버지는 테이블이나 전기제품 같은 것을 부수고, 폴의 어머니는 멍한 상태로 침대에 누워서 지냈다. 제니퍼는 방에 틀어박혀 울었고, 조지 H는 소파 밑에 숨어서 깽깽댔다. 둘째 단계는 병원에서 자주 있는 일로, 다들 폴 주위에 모여서 대화하고 울고 서로 격려하고, 웃고 속삭였다. 마지막 단계는 다들 정상적인 행동을 보여주려 하는 것이었다. 마치 죽음이 존재하지 않는 것처럼, 차분하고 담담한 얼굴로 지내곤 했다. 하루하루를 살아야 했으므로 씩씩하고 평범하게 보내게 되었다. 가족은 몇 달에 걸쳐, 또는 한 시간 내에도 이런 단계들을 되풀이하며 살았다.

에이즈가 몸에 어떤 짓을 하는지는 얘기하고 싶지 않다. 아주 나쁜 상황을 상상해보도록—그런 다음 더 나쁜 상황을 그리면 된다(얼마나 몸이 나빠지는지 상상하기 힘들 것이다). 사전에서 '살'—아주 통통한 단어—을 찾은 다음 '흐물흐물해지다'를 찾아보도록.

어쨌든 에이즈의 최악은 그게 아니다. 가장 나쁜 것은 반발이 생긴다는 것, '난 죽지 않을 거야' 바이러스가 생기는 것이다. 그것은 죽어가는 이 곁에서 살아가는 그를 사랑하는 사람들에게도 영향을 미친다. 초반부터 나도 그 바이러스의 영향을 받았다. 그날을 정확히 기억한다. 폴은 입원 중이었다. 그는 저녁 식사를 하고 있었다. 폴은 배가 고프지 않은데도 접시를 깨끗이 비웠다. 나는 마지막 남은 콩까지 포크로 집어먹는 그를 지켜보았다. 폴은 의식적으로 음식을 꼭꼭 씹어서 삼켰다. '이러면 몸이 견디는 데 도움이 될 거야. 아주 작은 것도 중요하다고'—그는 그런 생각을 했다. 얼굴에, 몸에, 벽에 그렇게 씌어 있었다. 난 '빌어먹을 놈의 콩 따윈 잊어버려, 폴. 넌 죽을 거라고! 죽는다니까!'라고 버럭 소리치고 싶었다. 우리 대화에서 '죽음', '죽는 것'과 관련된 말은 일절 금지되었다. 그래서 난 무표정한 얼굴로 앉아서 속만 끓였다. 폴이 면도하는 것을 볼 때마다 내 심사는 더욱 사나워졌다. 털이라곤 턱에 난 수염 몇 가닥이 전부였다. 폴은 원래 털이 많은 타입이 아니었다. 그런데도 매일 면도를 했다. 매일 얼굴에 면도용 크림을 잔뜩 바르고 일회용 면도기로 밀어냈다. 그 광경이 내 기억 속에 각인되었다. 건강이 안 좋은 폴이 환자복 차림으로 거울 앞에 서서, 머리를 이쪽저쪽으로 돌리고 살을 이쪽저쪽으로 밀면서, 완전 쓸데없는 짓을 하는 모습이.

나는 학교생활을 엉망으로 했다. 강의와 세미나에 계속 빠졌고, 과제물도 작성할 수가 없었다. 사실 이제 책을 읽을 수도 없었다. 칸트나 하이데거의 책을 읽을 때면 같은 문단을 몇 시간이고 노려보면서 무슨 뜻인지 이해하려 애썼다. 집중하려 노력해도 소용이 없었다. 동시에 내 나라에 염증이 났다. 캐나다는 무미건조하고 안락하고 편협한 나라였다. 캐나다인들은 물질주의가 목까지 차고, 그 위로는 미국 TV밖에 없었다. 어디서도 이상주의나 엄격함은 찾아볼 수 없었다. 그저 무감각한 진부함밖에 없었다. 중앙아메리카나 원주민, 환경 문제, 레이건의 미국, 모든 것에 대한 캐나다의 정책이 내 뱃속을 뒤틀리게 했다. 이 나라에는 맘에 드는 구석이 없었다. 하나도 없었다. 달아나고 싶어 안달이 났다.

어느 날 철학 세미나 중에—내 전공이었다—나는 헤겔의 역사철학에 관해 발표를 했다. 지성적이고 사려 깊은 교수는 내 발표를 중지시키고, 그가 못 알아들은 부분을 설명해달라고 요구했다. 난 침묵에 빠졌다. 우리가 앉아 있는, 책이 꽉 찬 안락한 연구실을 둘러보았다. 침묵의 순간이 기억나는 것은, 그 순간 혼란 속에서 엄청난 힘으로 분노와 냉소가 폭발해버렸기 때문이다. 난 소리치며 벌떡 일어나, 두꺼운 헤겔의 책을 창으로 내던졌다. 성큼성큼 걸어 나와 문을 부서져라, 닫고, 근사하게 조각된 벽의 패널을 냅다 걷어찼다.

휴학을 하려 했지만 신청 마감일을 넘겨버렸다. '학부생 청원위원회'에 출석해서 호소했다. 휴학하는 이유는 폴 때문이었지만, 위원회 의장은 가식적인 말투로 '감정적인 절망감'이 정확히 뭐냐고 물었다. 난 그를 바라보면서, 폴의 고난은 껍질을 까서 사등분해 그 앞에 내놓을 오렌지가 아니라고 결론지었다. 하지만 이번에는 소란을 떨지 않았다. 그냥 "마음이 바뀌었습니다. 청원을 거두고 싶습니다. 관심 가져주셔서 감사합니다"라고 말하고 방에서 나왔다.

그 결과 낙제했다. 그때나 지금이나 상관없다. 난 로타운을 배회했다. 그곳은 어슬렁대기 좋은 곳이거든.

하지만 진짜로 말하고 싶은 것, 즉 이 이야기를 하는 목적은 헬싱키의 로카마티오 집안이다. 폴의 집안은 아니다. 폴의 성은 앳시다. 또 내 집안도 아니다.

폴은 몇 달간을 병원에서 지냈다. 상태가 안정되면서 퇴원했지만, 난 병원에 있는 그를 주로 기억한다. 투병하면서 검사와 치료가 일상이 되었다. 내 뜻과는 달리, 항바이러스제, 알파 인터페론, 도미프라민, 니트라제팜 같은 용어에 익숙해졌다(중병 환자와 같이 있으면, 과학이 미망이 될 수 있음을 알게 된다). 난 문병을 갔다. 주중에 한두 번씩, 가끔은 주말에도 토론토에 가서 폴을 만났고, 전화는 매일 했다. 내가 토론토에 갔을 때 그가 외출할 힘이 있으면, 둘이 산책을 하거나 영화나 연극을 보러 갔다. 하지만 주로 앉아 있었다. 방에 갇혀서 TV 시청하는 것도 지겹고, 더 읽을 신문도 없고, 카드나 체스, 단어 맞추기 게임도 싫증 나고, 병을 '이것', '이것의 진전' 운운하는 데도 한계가 생기면 시간을 보낼 방법이 없어진다. 뭐 그것도 괜찮았다. 폴이나 나나 앉아서 음악을 듣고 생각에 빠져드는 게 싫지 않았으니까.

다만 그 시간에 뭔가 해야 될 것 같은 기분이 들기 시작했다. 옛 그리스 의상을 걸치고 삶과 죽음, 신, 우주, 모든 것의 의미에 대해 철학적으로 논해야 된다는 뜻은 아니고. 첫 학기, 폴이 병든 것을 알기 전에는 그랬다. 학부 때야 그러지 않던가. 동틀 때까지 밤을 꼴딱 세면서 달리 뭐 할 일이 있다고? 또는 데카르트나 버클리나 T. S. 엘리엇을 처음으로 읽고 나면 그러지 않겠나. 어쨌거나 폴은 열아홉 살이었다. 열아홉 살인 사람은 어떤가? 백지다. 모든 소망과 꿈과 불확실성이다. 모든 미래며 작은 철학이다. 우리 둘이 건설적인 일을 하고 싶다는 뜻이었다. 무에서 유를, 헛소리에서 그럴 법한 것을, 삶과 죽음, 신, 우주, 그 모든 의미에 대한 이야기를 초월해서 실제로 그것들이고 싶었다.

생각을 많이 했다. 생각할 시간이 많았다. 봄에는 로타운 시에서 정원사 일자리를 얻었다. 꽃밭을 가꾸고 잡목을 정돈하고, 잔디를 깎으며 지냈다. 바쁘게 손을 놀렸지만 정신은 자유로웠다.

어느 날, 귀에 공업용 귀 보호대를 끼고 넓은 시의 잔디밭에서 잔디 깎는 기계를 밀다가 아이디어가 떠올랐다. 두 마디에 우뚝 멈춰 섰다. 보카치오의 『데카메론』. 인도에서 지낼 때 이 너덜너덜해진 이탈리아 고전을 읽은 적이 있었다. 아이디어는 간단하다. 피렌체 외곽에 있는 외딴집. 흑사병으로 죽어가는 세상. 열 명이 전염병을 피하기 위해 거기 모인 다음 시간을 보내려고 서로 이야기를 들려준다.

바로 그거였다. 상상력을 변형시키는 재주를 부리는 것. 보카치오가 14세기에 했던 일을 우리가 20세기에 해보는 거야. 하지만 이번에는 세상이 아니라 우리가 아픈 거였고, 우린 여기서 도망치지도 못할 터였다. 반대로 우리는 이야기를 하면서 세상을 기억하고, 세상을 재창조하고, 세상을 껴안을 거였고. 그랬다. 세상을 끌어안는 이야기꾼이 되는 것……. 폴과 내가 그렇게 공허를 부수어야지.

생각하면 할수록 아이디어가 마음에 들었다. 어떤 가족, 대가족의 이야기를 만드는 거야. 다양하지만 연관이 있는 이야기들로 연속성을 유지하며 확장시키는 거야. 캐나다인 집안이고 현대를 배경으로 해야, 역사적이고 문화적인 면이 쉽게 그려지겠지. 내가 확실한 길잡이가 되어서 이야기들이 자전적으로 흐르지 않게 해야 되겠지. 또 폴이 너무 기운이 없거나 우울할 때 나 혼자서도 이야기를 끌어갈 수 있도록 준비를 단단히 해야 될 거야. 그에게 선택의 여지가 없다는 것을 분명히 인식시켜야 되겠지. 이 이야기 만들기가 게임이나 영화 감상이나 정치 이야기 수준의 일이 아니라는 점을 알게 해야 될 거야. 이야기 외에는 모든 것이 쓸모없다는 것을 폴이 알아야 해. 필사적으로 존재에 대해 생각해도 공포감만 안겨줄 뿐임을 알게 해야 해. 오로지 상상만이 헤아릴 가치가 있다는 것도.

하지만 상상이란 아무것도 없는 데서 튀어나오지 않는다. 우리 이야기가 폭과 깊이 면에서 동력을 얻고, 문학적인 사실성과 부적절한 환상을 피하려면 골격이나 가이드라인 같은 게 필요할 터였다. 맹인이 흰 지팡이를 짚고 나갈 수 있는 인도가 필요했다. 그런 골격을 찾아내려고 머리를 쥐어짰다. 확고하면서도 느슨해서, 우리를 얽어매면서도 영감을 주는 뭔가가 필요했다.

잡초를 뽑다가 20세기 역사를 이용해야겠다는 생각을 했다. 이야기가 1901년에 시작해서 1986년까지 전개된다는 뜻은 아니고. 그건 청사진이 되지 못한다. 오히려 20세기를 우리의 틀로 삼고, 매해 하나의 사건을 은유적인 가이드라인으로 삼아야지. 이야기에 여든여섯 개의 에피소드가 담기고, 에피소드마다 한 해에 일어난 사건이 메아리치게 될 터였다.

폴과 시간을 보낼 방법을 모색하니 전율이 일었다. 아이디어가 넘쳐났다. 폴과 이야기를 만들려고 로타운에서 토론토를 오가는 일—통근을 상상해보길. 그 지루하고 일과 관련된 번거로운 일—이 가장 가치 있는 일이란 생각이 들었다.

폴에게 조심스럽게 설명했다. 병원에서였다. 폴은 여러 가지 검사를 받는 중이었다.

그가 말했다.

"못 알아듣겠어. '은유적인 가이드라인'이라니 무슨 말이야? 또 이야기는 언제 벌어진다는 거야?"

"요즘. 가족은 바로 지금 존재해. 우리가 선택한 역사적인 사건들은 일종의 유사물이 되어서 우리가 가족의 사연을 만드는 데 길잡이가 돼줄 거야. 조이스가 『율리시스』를 쓸 때 호머의 『오디세이』를 유사물로 삼은 것처럼."

"『율리시스』는 못 읽어봤는데."

"그건 중요하지 않아. 요점은 이거야. 소설은 1904년 어느 날 더

블린에서 일어나지만, 고대 그리스의 서사시에서 제목을 딴 거지. 조이스는 트로이 전쟁이 끝난 후 율리시스가 십 년간 헤맨 일을 더블린에서 벌어지는 이야기의 유사물로 이용했어. 그의 소설은 『오디세이』의 은유적인 변형이지."

"그 책을 안 읽어봤으니, 선배가 읽어주지 그래?"

"우린 구경꾼이 되고 싶은 게 아니니까 그럴 필요 없어, 폴."

"아."

"먼저 주인공 가족이 어디 살지 결정해야 해."

폴은 나를 멍하니 쳐다봤다. 그는 회의적이고 고단했다. 나는 고집을 부렸다. 짜증까지 냈다. 난 '죽음'이란 말은 하지 않았지만, 그런 분위기가 흘렀다. 폴은 얼굴을 일그러뜨리며 울기 시작했다. 난 당장 사과했다. 그래, 『율리시스』를 낭독하자. 좋은 아이디어네. 그런 다음 『전쟁과 평화』를 읽지 뭐—그러면 안 될 이유라도 있나?

내가 병실에서 나와 엘리베이터에 오른 순간, 복도에서 큰 소리가 터져 나왔다.

"헬싱키—이—이—이—이—이!"

난 빙그레 웃었다. 이제 아시겠지. 폴과 나는 통하는 데가 있었다. 우린 젊었고, 젊음은 급진적이 될 수 있다. 우린 습관과 구습에 눌리지 않는다. 우린 시간을 잡을 수 있다면 완전히 다시 시작할 수 있다. 그러니 핀란드의 수도 헬싱키에서 이야기가 풀릴 터였다. 탁월한 선택. 둘 다 가본 적 없는 머나먼 도시니, 눈앞에 있는 곳보다야 공상을 펼치기가 한결 수월할 것이다. 나는 다시 폴의 병실로 갔다. 고함을 질러서 그의 얼굴이 아직 빨갰다.

폴에게 가족의 이름을 물었다. 그는 입술을 오므리고 눈을 가늘게 뜨고 생각에 잠겼다. 그러더니 '로카마티오'라고 말했다. 뭐야?

"로카마티오. 로—카—마—티—오."

별로 당기지 않는다. 현실적이지 않아서. 북구 분위기가 풍기면 더 낫지 않을까? 하지만 폴이 고집을 부린다. 로카마티오—로. 카. 마. 티. 오. 라고 반복한다—는 이탈리아 혈통의 핀란드인 집안이라고. 그러지 뭐. '헬싱키 로카마티오'로 장소와 이름이 정해졌다. 집안 내력은 좀 기다려야 했다. 우리는 규칙을 정했다. 소설적인 적합성은 내가 판단하기로 했다. 노골적인 자전 소설은 금지였다. 이야기의 시대는 1980년대 중반인 요즘으로 정했다. 에피소드는 하나의 일과 연관이 있고, 그 일은 20세기의 각 해에 일어난 사건과 비슷할 터였다. 우린 번갈아 이야기를 쓰기로 했다. 난 홀수 해, 폴은 짝수 해를 맡을 터였다. 헬싱키에 대해 아는 바를 의논해서 다음의 내용에 합의했다. 하나, 헬싱키에는 백만 명의 주민이 살았다. 둘, 모든 면에서—정치, 상업, 산업, 문화 등—핀란드의 수도였다. 셋, 헬싱키는 주요 항구였다. 넷, 까다로운 스웨덴어를 쓰는 소수 집단이 있었다. 다섯, 나라의 분위기에 러시아가 중요한 영향을 미쳤다. 마지막으로, 로카마티오 일가는 우리 만의 비밀로 하기로 했다.

숙고하고 조사한 끝에 내가 첫 번째 에피소드를 쓰기 시작하기로 했다. 나는 폴에게 펜과 종이, 『20세기 역사』라는 세 권짜리 책을 가져다주었다. 그의 아버지는 침대가에 있던 『브리태니커 백과사전 15판』 서른두 권이 꽂힌 바퀴 달린 작은 책꽂이를 가져왔다.

이제부터 '헬싱키 로카마티오'의 이야기를 듣는 게 아니라는 점을 이해하시길. 어떤 친밀한 부분은 공개해서는 안 되는 법이다. 그런 것들은 존재하면 그뿐이다. 로카마티오 집안의 이야기를 하는 것은 어려웠다. 특히 해가 가면서 그랬다. 우리는 용기 있고 강인하게 시작했다. 늘 토론했고 지속적으로 서로 참견하면서, 우리의 명석함과 창의성에 놀라기도 했다. 또 많이 웃었다—하지만 건강이 좋지 않을 때 세상을 재창조하는 일은 무척 고단하다. 폴은 능력이 없기보다는 의지가 없을 때가 있었다—그래도 한마디 말이나 찌푸린 표정으로 내게 반대하거나 다시 해보게 하곤 했다. 듣는 것조차 힘들어했다.

헬싱키 로카마티오의 이야기는 종종 속삭여졌다. 여러분에게 속삭이는 건 아니다. 에이즈를 겪은 와중에서 내게 남은 것은—내 머리 밖에—이 기록이 전부다.

헬싱키 로카마티오 일가 이면의 사실들

1901—육십사 년간의 통치 끝에 빅토리아 여왕이 사망한다. 통

치 기간 중 믿기 힘들 정도의 산업 발전이 있었고, 물질적인 풍요는 증대되었다. 근시안적이고 환상을 품은 시각으로 보면, 빅토리아 시대는 가장 행복한 시기다—안정, 질서, 부, 계몽, 희망의 시대였다. 과학과 기술이 새로이 승리를 거두고, 유토피아가 목전에 있는 듯하다.

나는 끝부터 시작한다. 집안의 가장인 산드로 로카마티오의 죽음으로 이야기를 연다. 그러는 것이 드라마틱하고, 장례식에 참석한 가족 구성원을 소개할 계기가 된다.

1902—윌프리드 로리에 수상 내각의 내무장관인 클리포드 시프톤의 강력한 지도하에, 캐나다 서부의 정착이 활발하다. 시프톤 장관은 북부와 중부 유럽의 대행사를 통해 수십 개 국어로 된 팸플릿 수백만 장을 보낸다. 구대륙에 캐나다 밀을 내려놓은 배들은 사람들을 싣고 온다. 십 년도 안 되어 대평원 지역은 인구 백만 명을 넘었고, 밀 생산량은 다섯 배가 증가한다. 로리에 수상은 이 발전하는 지역을 두고 '20세기는 캐나다의 것'으로 선포한다.

1903—오빌과 윌버 라이트 형제가 노스캐롤라이나의 '킬 데빌 힐스'에서 비행한다. 비행기 '플라이어 1(지금은 주로 '키티 호크'로 불린다)'은 첫 비행에서 상공에 십이 초간 머물고, 네 번째이자 마

지막 비행 때는 오십구 초간 머무른다.

1904—드레퓌스 사건(프랑스에서 유대인 사관인 드레퓌스의 간첩행위 여부를 둘러싸고 벌어진 사건으로 정치에 큰 영향을 미침—옮긴이)의 직격탄으로 프랑스 수상 에밀 콩브는 교회와 국가를 완전히 분리하는 법안을 도입한다. 법안은 양심의 자유를 보장하고, 성직자 임명이나 성직자 급여에 있어 정부를 배제시킨다. 또 교회와 국가 사이의 모든 연계를 차단한다.

어느새 이야기를 풀어 나가는 습관이 생긴다. 거의 예식처럼 치러진다. 맨 먼저 유럽인들처럼 만날 때마다 늘 악수를 한다. 폴이 그러면서 즐거워한다는 걸 알 수 있다. 필요할 경우 건강과 치료에 관한 대화를 나눈다. 그런 다음 사소한 얘기가 오간다. 둘 다 신문을 열심히 읽는 편이라 보통 정치와 관련한 화제다. 잠시 마음을 가다듬은 후 드디어 로카마티오 일가의 이야기로 접어든다.

1905—독일의 월간지 《아날렌 데어 피지크》는 스물여섯 살의 알베르트 아인슈타인의 논문을 게재한다. 그는 독일계 유대인으로 스위스 베른 소재 특허 사무소의 검사원으로 일했다. '특수상대성 이론'이 탄생한다. 에너지는 어디에나 있다. 아인슈타인에 따르면 $E=mc^2$다.

1906—토미 번스가 마빈 하트를 누르고 캐나다인 최초로(또 유일하게) 헤비급 복싱 챔피언이 된다. 번스는 삼 년 사이에 열한 번의 방어전을 치렀고, 일 분 이십팔 초 만에 아일랜드 챔피언인 젬 로시를 눕힌 것으로 유명하다. 헤비급 방어전 사상 최단 시간 경기였다.

폴은 몸이 괜찮다. 가벼운 증세—밤에 식은땀을 흘리거나 설사—가 있고 힘이 없지만, 그럭저럭 다스릴 만하다. 그는 퇴원해서 집에 있었는데, 지금까지 평생 하루도 아파 본 적이 없었기에 요즘처럼 아픈 것이 낯선 일면이다. 폴은 항바이러스제와 종합비타민을 복용하기 시작했고, 매주 병원에 가서 어떤 때는 하룻밤 입원하기도 한다. 폴은 병원—흰 가운을 입고 과학 용어를 줄줄 읊고 끝없이 검사를 해대는 전능한 남녀 의료진이 있고, 먼지 하나 없이 깨끗한 곳—을 좋아한다. 의료진은 그를 지치게도 하고 위로해주기도 한다. 폴의 기분은 좋은 상태다.

우리는 계획을 세운다. 여행에 대해 말한다. 나는 여행을 좀 해봤지만, 폴은 가족 여행 외에는 이렇다 할 경험이 없는 편이다. 우리는 여행을 성장에 필요한 요소로, 존재의 상태로, 내적인 여행에 대한 은유로 여긴다. 누구나 가는 길을 경멸하기에 유럽 여행 얘기는 거의 안 한다. 우리는 관광객이 아니라 '동방박사'라 할 수 있다. 별을 따라서 아이슬란드, 포르투갈, 불가리아, 폴란드를 거쳐서, 터키와 예멘, 멕시코, 페루, 볼리비아, 남아프리카, 필리핀을 지나 인도와 네팔로 간다.

1907—신품종 밀 '마키스'가 서스캐처원의 '인디언 헤드'로 보내져 테스트를 받는다. 어려운 채택 과정에 있어 '오타와 실험 농장'의 곡물학자인 찰스 에드워즈 선더스의 공이 크다. 신품종이 서스캐처원의 풍토에 보인 반응은 획기적이다. 바람과 질병에 잘 견디고, 좋은 밀가루를 만드는 수확을 가능케 한다. 가장 중요한 것은 조생종이어서, 서리 피해를 피할 수 있고, 알버타와 서스캐처원의 밀 경작 가능 지역을 어마어마하게 늘릴 수 있다. 1920년까지 마키스는 대평원의 봄밀 수확의 90퍼센트를 점유해서, 캐나다가 세계의 밀 수확지로 손꼽히는 데 일조하게 된다.

나는 일이나 음식, 교통수단 같은 것을 생각하지 않을 때면 로카마티오 집안에 대해 궁리한다. 신경이 그쪽으로 쏠린다. 역사적인 사건들을 찾아야 한다. 그런 다음 플롯과 유사한 이야기를 생각해내야 한다. 소설 내용이 상징적인 순간이나(시작이나 끝부분?) 내용 전체에서, 적나라하게든 은근하게든 역사적인 사건과 비슷해야 한다. 이런 생각에 마음이 매여 있고, 도전하게 되고 나아가게 된다. 일상생활은 거의 의식하지 않고 산다.

1908—작가이자 자연주의자 겸 예술가인 어니스트 톰슨 세턴이 캐나다 '보이 스카우트'를 결성한다. 조직의 목표는, 이 년 후

생기는 '걸 가이드'와 마찬가지로 훌륭한 시민정신과 바른 행동, 자연 사랑, 다양한 야외 활동 기술을 키우는 것이다. 보이 스카우트들은 도덕 정신을 따르고, 매일 선행을 베풀어야 한다. 그들은 캠핑을 하고 수영과 조정, 하이킹을 한다. 또 공동체의 봉사 활동에 참여한다. 그들의 표어는 '준비를 갖추자'다. 스카우트들은 왼손으로 악수한다.

난 로카마티오 일가를 그렇게 야심 차게 그려본 적이 없었다. 결혼, 도망친 딸, 씁쓸하지만 자유를 주는 이혼, 출산, 사업 성공, 로맨스, 지역에서의 리더십—역동적인 집안이다. 우리는 잽싸게 이야기를 꾸려간다. 둘이 격년으로 쓸 의도였지만, 지금까지는 협동해서 이야기를 꾸며왔다.

하지만 수평선에 구름이 낀다. 1909년은 내가 맡은 해다. 나는 이야기 구성에서 시행착오를 겪는다. 폴은 '시행과 기만'을 겪고. 이야기가 억지스러워지는 건 처음이다. 난 폴의 1910년 이야기가 마뜩치 않다.

1909—로버트 E. 피어리는 세 번째 시도에서 북극에 도달했다고 주장한다. 일반적으로는 이 주장이 인정되지만, 부족한 관찰 내용과 믿기 힘든 일정 때문에 많은 의심을 산다.

1910—군국주의에 젖어, 힘과 영향력을 팽창시키기 위해 한국

을 속국으로 만들겠다고 작정한 일본은 자국의 이익을 목적으로 한국인과 자원을 수탈하기 시작한다. 한국인들은 언론과 집회, 결사의 자유를 빼앗기고, 심지어 학교에서 모국어 사용이 금지된다.

나는 로카마티오 일가가 헬싱키의 정치 소용돌이에 빠져드는 내용을 만든다!

1911—캐나다는 연방 선거를 치른다. 캐나다와 미국 간의 호혜주의, 즉 관세 인하를 동의하는 데 대한 찬반 선거다. 자유당의 윌프리드 로리에 수상은 호혜주의에 찬성한다. 야당인 보수당 당수 로버트 보든은 반대하고, 동부의 제조업체들은 그런 경제 합의가 정치적인 점령의 첫걸음이 될 거라고 주장한다. 영향력 있는 미국인들의 주장—이를테면 하원의장 챔프 클라크의 '성조기가 북미의 영국령부터 북극까지 구석구석에 휘날리는 날을 보고 싶다'—이 이런 두려움을 확인시켜주는 듯하다. 수상과 자유당은 완전히 패배하고, 보든이 수상이 된다.

폴의 감정 변화가 심하다. 어떤 상황인지 깨닫기 시작하는 눈치다. 처음에는 약과 주사가 기분을 좋게 하는 기폭제였다. 약은 폴에게 '이렇게 건강이 오거든. 넌 이겨낼 거야'라는 신호를 보냈다. 하지만 건강은 그를 외면하고 폴은 그게 화난다. 아직도 신앙처럼 약을 먹지만, 약은 달콤하지 않고 쓰기만 하다. 1912년 영국에서 최저임금법이 통과된다. 로알드 아문센이 남극에 도달한다. 이집트에서는 독일인 고고학자가 네페르티티 여왕의 아름다운 흉상을 발굴한다. 에드거 라이스 버로스는 첫 타잔 소설을 발간한다. 마르셀 뒤샹은 〈계단을 내려오는 누드 2번〉을 공개한다. 하지만 폴은 이런 것을 누리지 못할 것이다. 강도행위에 대한 그의 이야기는 단순하고, 단선적이고 거칠다.

1912—파리 교외인 스와지르로이에서 다섯 시간에 걸친 대치 끝에, 아나키스트인 쥘 조제프 보노가 죽는다. 보노와 '보노파'로 알려진 일당은 맨얼굴로 은행 강도와 침입, 차량 도난을 저지르며 태연하게 은행 직원과 경비원, 행인, 경찰관, 주민에게 총을 쏘고 프랑스 사회를 공포로 몰아넣는다. 마지막 대치에서 당국은 포병대 세 개 연대와 다섯 개 경찰 부대를 배치한다. 군경은 총과 기관총, 다이너마이트를 사용한다. 보노는 매트리스에 싸여 산 채로 발견된다. 그는 최후를 맞이한다. 현장에 삼만 명 이상의 구경꾼이 있다.

지속적인 낙관에는 '이성'이라는 핵심적인 우군이 있다. 비이성적인 낙관은 현실에 공격당해 더 큰 불행으로 이어진다. 그러므로 낙관은 언제나 이성의 조명을 받고, 정신 차린 마음에 확고하게 자리 잡아야 한다. 그래야 비관이 아둔하고 근시안적인 태도가 된다.

이것은—이성적인 것이 미지근하고 수치스러운 일이라는 것—작지만 부인 못할 성과에서만 낙관이 생길 수 있다는 의미이기도 하다. 1913년 나는 최상의 발을 내디딘다.

1913—지퍼가 특허를 받다.

폴은 입원 중이다. 주폐포자충 폐렴이 재발했다. 다시 댑손(항균성 약품으로 나병과 피부병 치료제—옮긴이)과 트레미소프림(항말라리아제—옮긴이)을 복용하지만, 이번에는 부작용이 심하다. 열이 나고 목과 가슴 전체에 발진이 생긴다. 폴은 무지막지하게 말랐다. 거의 먹지 못하는데 설사가 멎지 않는다. 코에 튜브를 끼고 있다. 그가 맡은 이야기에서는 마르코 로카마티오가 형 올랜도에게 악영향을 끼친다.

1914—사라예보에서는 세르비아 민족주의의 꿈을 가진 열아홉 살 청년 가브릴로 프린치프가 방아쇠를 당겼고(그의 총탄에 오스트리아 황태자 부부가 세상을 떠났다. 당시 오스트리아는 여러 민족의 이해가 복잡하게 얽혀 있었다—옮긴이) 1차 대전이 발발한다.

오스트리아는 세르비아에 선전포고한다.
독일은 러시아에 선전포고한다.
독일은 프랑스에 선전포고한다.

독일은 벨기에에 선전포고한다.
영국은 (캐나다, 인도, 오스트레일리아, 뉴질랜드, 남아프리카, 뉴펀들랜드와 함께) 독일에 선전포고한다.
몬테네그로는 오스트리아에 선전포고한다.
오스트리아는 러시아에 선전포고한다.
세르비아는 독일에 선전포고한다.
몬테네그로는 독일에 선전포고한다.
프랑스는 오스트리아에 선전포고한다.
영국은 오스트리아에 선전포고한다.
일본은 독일에 선전포고한다.
일본은 오스트리아에 선전포고한다.
오스트리아는 벨기에에 선전포고한다.
러시아는 터키에 선전포고한다.
세르비아는 터키에 선전포고한다.
영국은 터키에 선전포고한다.
프랑스는 터키에 선전포고한다.
이집트는 터키에 선전포고한다.

나는 폴에게 1914년은 파나마 운하가 개통된 해인데 그보다 유쾌한 애기가 있겠느냐고 말한다.

"선배의 역사관은 편견이 있어."

그가 대답한다.

"너도 마찬가지야."

내가 받아친다.

"하지만 난 옳은 편견이야."

"어떻게 알아?"

"내 역사관은 미래를 설명하니까."

이해할 수가 없다. 오래 사는 에이즈 환자도 있다고 읽었다. 하지만 한 주, 한 주 폴은 점점 마르고 기운이 떨어진다. 치료를 받고 있긴 해도, 폐렴을 제외하면 약효가 별로 없는 것 같다. 아무튼 특별한 질환이 있는 것 같지 않은데 그저 허약해진다. 의사한테 그 이유를 따지듯 묻는다. 의사는 문간에 서 있다. 서서 내 불평을 말없이 듣다가—체구가 큰 그는 수염이 덥수룩하고 눈이 벌겋다—아무 말 하지 않는다. 그러다 낮고 침착한 소리로 대꾸한다.

"우리는…… 최선을…… 다하고…… 있습니다."

내가 소설을 이어 나갈 차례다. 신중해야 한다. 전쟁을 연상시키는 대목은 싫다. 덴마크에서 여성에게 참정권이 생긴 일이 마음에 든다. 하지만 폴은 화해의 이야기를 반기지 않을 것이다. 카프카의 『변신』이 출판된 일을 고려해본다. 폴에게 지지 않으면서도 무시하면 안 된다. 완전한 추상과 우울한 현실 사이에서 줄타기를 잘해야 한다. 어쩌면 좋을지 모르겠다. 애매한 쪽으로 가기로 한다.

1915—독일인 기상학자이자 지구물리학자인 알프레트 베게너가 『대륙과 바다의 기원』을 출판하다. 이 책에서 그는 논쟁이 많

은 고전적인 지각변동 이론을 내놓는다. 베게너는 '판게아'라는 모 대륙이 이억오천만 년 전에 분열되어, 그 조각들이 일 년에 약 이점 오 센티미터씩 떠내려가며 그래서 오늘날의 대륙이 생겼다고 밝힌다.

"일 년에 이점 오 센티미터씩?"

폴이 씩 웃는다. 그도 내 이야기를 맘에 들어한다. 하지만 그를 말리지는 못할 것이다.

1916—독일이 포르투갈에 선전포고한다.

오스트리아가 포르투갈에 선전포고한다.

루마니아가 오스트리아에 선전포고한다.

이탈리아가 독일에 선전포고한다.

독일이 루마니아에 선전포고한다.

터키가 루마니아에 선전포고한다.

불가리아가 루마니아에 선전포고한다.

이어지는 검사. 폴은 '사이토메갈로 바이러스'(헤르페스 바이러스의 일종으로 조직의 변화를 초래함—옮긴이)에 걸려서, 설사를 하고 기운이 없다고 한다. 감염이 잘 되는 종류라서 눈, 폐, 간, 위장기관, 척추나 뇌에도 감염될 수 있다. 손쓸 방법은 없다. 효과적인 치료법도 없다. 폴은 말할 수 없이 우울하다. 내가 져준다.

1917—미국이 독일에 선전포고한다.

파나마가 독일에 선전포고한다.

쿠바가 독일에 선전포고한다.

그리스가 오스트리아, 불가리아, 독일, 터키에 선전포고한다.

시암(오늘날의 태국—옮긴이)이 독일과 오스트리아에 선전포고한다.

라이베리아가 독일에 선전포고한다.

중국이 독일과 오스트리아에 선전포고한다.

브라질이 독일에 선전포고한다.

미국이 오스트리아에 선전포고한다.

파나마가 오스트리아에 선전포고한다.

쿠바가 오스트리아에 선전포고한다.

1918년 분량에서 폴은 선전포고를 더 다루고 싶어하지만—아이티와 온두라스가 독일에 선전포고했다고 내게 알려준다—처음으로 나는 거부권을 행사하면서, 소설적으로 수용할 수 없다고 선언한다. 오스발트 슈펭글러의 『서구의 몰락』이 출판된 것도 못 받아들인다고. 이 책에서 슈펭글러는 문명은 탄생하고 꽃피우고 소멸하는 자연의 유기체 같으며, 서구 문명은 피할 수 없는 마지막 소멸기에 접어들었다고 주장한다. 나는 폴에게 "그만 좀 하라"고 말한다. 소망이 있다. 태양은 아직도 빛난다. 폴은 화를 내지만, 지쳐서 풀이 죽는다. 그가 내 검열을 예상했다는 생각이 든다. 호기심

생기는 사건과 온전히 준비된 이야기로 날 놀라게 하는 걸 보면.

1918—구상 선단—거대하게 밀집된 별 무리—에 대한 포괄적 인 연구 후, 할로우 샤플리는 우리가 사는 은하계의 중심이 궁수자리에 있으며, 태양계는 이 중심에서 삼 분의 이인 삼만 광년만큼 떨어져 있다고 파악한다.

"대단하지 않아?"

내가 말한다.

"우린 외롭지 않아."

폴이 받아친다.

그의 이야기—『올란도』와 알코올 중독에 대한—는 흥하게 돌아간다.

1919—월터 그로피우스가 독일 바이마르에 있는 디자인과 건축학교 '바우하우스'의 교장이 된다. 그의 역량하에 바우하우스의 교수들은 과거와 단절한다. 그들은 기하학적인 형태, 매끄러운 표면, 규칙적인 윤곽선, 원색, 현대적인 재료를 강조한다. 못지않게 중요한 것은 그들이 대량생산 기법을 취해, 기능적이면서 심미적으로 만족스러운 물건들을 누구나 구입할 수 있게 한다는 점이다. 전에는 많은 사람들이 이렇게 멋진 물건을 일상생활에서 쓰지 못했다.

"주폐포자충 폐렴이 사람을 잡아."

폴이 말한다. 그 때문에 빈혈 증세가 있어서 정기적으로 수혈을 받는다.

나는 1920년 프로이트의 『쾌락 원칙을 넘어서』가 출간된 일을 소설에 쓰지 못하게 한다. 이 저서에서 프로이트는 '타나토스'라는 파괴적인 욕망, 즉 스스로 생명을 끊는 것으로 삶의 긴장에 종지부를 찍으려는 죽음의 욕망을 언급한다. 폴은 로카마티오 일가의 이야기를 쭉 쓰면서 역사적인 사건을 바꾼다.

1920—다다이즘(문학, 미술상의 허무주의—옮긴이)의 개가. 1차 대전이 한창일 때 취리히에서 생긴 이 사조는 유쾌하고 무모한 작가와 화가들이 퍼트렸다. 위고 발, 트리스탄 차라(루마니아 태생의 프랑스 수필가, 시인. 다다이즘의 창시자—옮긴이), 마르셀 뒤샹, 장 아르프, 리처드 휠젠벡, 라울 하우스만, 쿠르트 슈비터스, 프란시스 피카비아, 조르주 그로츠 외 여러 예술가가 참여한 다다이즘은 예술과 사회와 문명의 모든 가치를 파괴하는 것을 추구한다.

폴이 전화해서 카포지 종양(에이즈 같은 면역결핍 환자에게 나타나는 피부 악성 종양—옮긴이)이 커진다고 전한다. 발과 발목에 울긋불긋한 자국이 생긴다. 많지는 않아도 분명히 있다. 의사들은 그런 증세를 없애려고 애써 왔다. 폴은 알파 인터페론을 투약 받고 방사선 치료를 받게 된다. 그의 목소리가 떨린다. 하지만 우리는 동의한다. 의사들 말처럼 국부적인 카포지 종양에는 방사선 치료가 효과적임이 확인되었다는 데 동의한다. 사실 폴은 발에만 일부 종양이 있고 통증도 없으며, 최소한 폐는 멀쩡하다. 나는 병원에 가보겠다고 약속한다.

폴은 조용하다. 등에 고집스레 베개를 세 개나 피라미드 모양으로 겹쳐서 대고 누워 있다. 그가 좋아하는 자세다.

1921—프레더릭 밴팅과 찰스 베스트가 췌장에서 포도당 대사 호르몬인 인슐린을 발견한다. 이것은 곧 당뇨병 치료에 획기적인 효과를 나타낸다. 수백만 명이 생명을 구한다.

내가 맡은 분량의 이야기를 시작하는데 폴이 가로막는다.

"1921년에 알베르 카뮈가 차 사고로 죽었어."

그는 더 말하지 않는다. 이야기를 계속 풀어나가는데 그가 다시 방해한다.

"1921년에 알베르 카뮈가 차 사고로 죽었다구."

"폴, 아니야. 카뮈는 1960년에 죽었어."

"아냐, 알베르 카뮈는 1921년 차 사고로 죽었어. 파셀 베가(프랑스인 파셀 베가가 만든 고급 승용차—옮긴이)를 타고 가다 그랬다구. 못 들어봤어? 크라이슬러를 본떠 만든 프랑스 차로 도로주행 테스트를 많이 안 했지. 카뮈와 친구 몇 명이 돌아오는 길에……."

"폴, 뭐 하는 거야?"

“루베롱에서 파리로 돌아오는 길이었어. 카뮈가 노벨상 상금으로 루베롱에 아름다운 하얀 집을 샀거든. 길은…….”

“알았어, 그만해.”

“길은 직선이었고 한적했지. 길에 가로수가 있었어. 갑자기—축이 부러졌을까? 운전대가 잠겼을까? 알 수 없는 이유로 차가…….”

“넌 규칙을 지키지 않고 있어, 폴. 지금…….”

“차가 미끄러져서 나무를 들이받았어. 카뮈는 즉사했고…….”

“1921년에는 밴팅과 베스트가 인슐린을 분리해냈고…….”

“1921년에는 카뮈가 차가 나무에 들이받는 사고로…….”

“포도당 대사 호르몬이고…….”

“나무에…….”

“호르몬이야…….”

“1921년에는 히로시마에 원자폭탄이 투하되어, 사상자가…….”

“하, 1921년에는 밴팅과 베스트가…….”

“1921년에는 폭탄이 떨어졌고, 사상자가…….”

“획기적인 효과를…….”

“사상자가…….”

“효과를…….”

“사상자가…….”

“획기적인 효과를 나타낸다.”

폴이 지친다. 곧 그가 포기할 거라는 감이 잡힌다.

"차가 떨어져서 카뮈가 죽었다구!"

폴이 쉿소리로 고함치자, 나는 등골이 오싹해져 금방 입을 다문다. 폴은 눈을 부릅뜨고 날 노려본다. 난 속으로 중얼댄다. '무슨 짓을 하는 거야, 멍청하게스리!' 그 순간 폴이 내게 달려든다. 난 놀라서 몸을 빼지만, 그가 바닥에 쓰러질까 봐 얼른 붙잡는다. 몸이 얼마나 가볍던지. 폴은 내 얼굴을 두 번 치지만, 힘이 없어서 아프지 않다. 그가 흐느끼기 시작한다.

난 상냥하게 말한다.

"괜찮아, 폴. 괜찮다구. 내가 미안해. 괜찮다니까. 미안해. 마음을 편안히 해. 잘 들어봐, 더 좋은 게 있어. 1921년에 인슐린을 발견하지 않았어. 1921년에는 사코와 반제티가 사형 선고를 받았어(이탈리아 이민자로 무정부주의자였던 두 사람은 미국의 공산주의 마녀사냥의 덫에 걸려 사형선고를 받는다—옮긴이). 사코와 반제티가 있어, 폴. 사코와 반제티가 있다구. 사코와 반제티."

눈물이 그의 뺨을 타고 흘러 내 팔에 떨어진다. 난 그를 들어서 침대에 눕힌다.

"사코와 반제티가 있어, 폴. 사코와 반제티. 괜찮아. 내가 미안해. 사코와 반제티로 해. 사코와 반제티."

물수건을 갖다가 내 팔을 닦고, 폴의 얼굴을 닦아준다. 손으로 그의 머리칼을 넘겨준다.

"괜찮아, 폴. 사코와 반제티로 해. 사코와 반제티. 사코와 반제티가 있어. 사코와 반제티."

나는 우울한 이야기를 만든다. 가끔 우리가 짓는 이야기는 플롯이 약하다. 하지만 세부 사항이 설명되지 않고 애매한 대목이 많은데도, 그림처럼 정적이지만 풍부한 울림이 있다. 그러나 여기서는 그렇지가 않다. 플롯도 없고, 의미도 없다. 이야기가 비틀대고, 믿을 수 없고 설명할 수 없이 흐른다. 로레타 로카마티오가 물에 빠져 죽는다.

1921—이탈리아 이민자로 무정부주의자인 니콜라 사코와 바르톨로메오 반제티는 유죄 판결을 받는다. 메사추세츠주 사우스브레인트리에서 일어난 강도 사건에서 두 명을 살해한 죄로 사형선고가 내려진다. 증거 불충분, 공판에서의 부정행위, 판사와 배심원들이 피고들의 정치적 견해와 사회적 위상에 편견을 가진 점, 알려진 범죄 집단의 행위임을 말해주는 증거가 있고, 세계적인 저항과 호소가 뒤따르는 데도 1927년 사코와 반제티는 처형당하게 된다.

폴은 우울증 치료제를 복용한다—처음에는 아미트리프탈린, 나중에는 도미프라민. 약이 효과를 발휘하는 데 이 주나 걸린다. 그 사이 폴은 엄밀한 감시를 받는다. 특히 힘든 밤에는. 거의 매일 오후에 정신과 의사가 찾아온다. 나는 폴에게 하루 여섯 번씩 전화한다.

1922—베니토 무솔리니가 삼십구 세의 나이에 이탈리아 역사상 최연소 수상이자 유럽의 20세기 첫 독재자가 된다.

"핏속에 바이러스가 있는 걸 느낄 수 있어. 바이러스 하나하나가 팔을 타고 올라와 가슴을 지나고, 심장에 들어갔다 다리로 내려가는 게 느껴진다구. 그런데 난 아무것도 할 수가 없어. 악화되리란 걸 뻔히 알면서도 이렇게 누워 기다릴 수밖에 없다구."

폴이 말한다.

그는 너무 약하다. 나는 또 져준다.

1923—독일은 베르사유 조약에서 부과된 전쟁 배상금(삼백삼십억 달러에 달하는 액수)을 지불하지 못한다. 프랑스와 벨기에는 지불 이행을 촉구하기 위해 루르 지방을 점령한다. 독일 정부는 모든 배상금 지급을 차단하고 소극적인 저항으로 맞선다. 프랑스와 벨기에는 수많은 사람을 체포하고 경제 제재를 가한다. 독일 경제가 몰락하고 정부는 침몰하기 시작한다. 이런 배경에서 과격론자들이 양산된다.

폴은 나를 기다리고 있다. 그는 심심하다. 시간을 빼앗는 게 목적이면서도 당장에는 시간을 많이 안겨주는 게 이 병의 이상한 점이다.

1924—십팔 개월 전부터 건강이 악화되었던 블라디미르 레닌이 쉰네 살에 뇌내출혈로 사망한다. 레닌이 제거하는 데 실패한, 공산당 중앙위원회의 스탈린 서기장은 죽은 지도자를 과하게 신격화시켜서 자신을 레닌의 옹호자로 각인시킨다.

병원에서 나오다가 폴의 부모님과 마주친다. 이제 그들과 잘 아는 사이가 되었다. 나와 그들은 서로에게 의지한다. 전에는 집으로 폴을 만나러 갈 때 미리 전화했지만, 곧 열쇠를 받았다. 그들은 밤이든 낮이든 아무 때나 오가도 좋다고, 문을 두드릴 필요도 없다고 말했다. 부모가 한 사람이 아니라(아버지는 내가 열 살 때 세상을 떠났다) 세 사람이 된 것 같다. 잭은 내 등을 두드려주고, 메리는 웃으면서 내 팔을 가볍게 잡으며 냉장고에 모카 요거트가 있다고 말한다. 내가 좋아하는 음식이다.

1925—아돌프 히틀러는 정치 선언의 첫 권인 『나의 투쟁』을 발간한다. 그는 "훌륭한 인종이 아닌 것은 모두 쓰레기"라고 쓴다. 독일인들은 "혈통 좋은 개, 말, 고양이뿐 아니라, 순수한 혈통의 인간들과 살아야 한다." 거드름 피우는 문체에, 반복적이고 산만하며, 비논리적이고 문법적 오류가 넘치는 책이다. 제대로 교육받지 못한 인간의 폭언이다.

내가 더 괜찮은 이야기를 만들 것을. 폴이 나아지는 것 같다. 카포지 종양은 불안정하지만 설사는 거의 멎었다.

1926—뉴욕에서 루돌프 발렌티노가 서른한 살 나이에 궤양으로 갑자기 영면에 든다. 발렌티노는 1913년 이탈리아에서 미국에 와서, 정원사와 접시 닦기, 짧은 희극에서 무용수, 단역 배우를 전전하다가 〈묵시록의 네 기사〉(1921)에서 주연을 맡는다. 그는 무성영화 시기의 스타로 급부상한다. 그의 사망은 세계적인 동요를 일으킨다. 자살과 소요가 일어났으며, 그의 시신을 보려는 줄이 열한 블록이나 이어진다.

폴은 몸이 나아지는 중이다. 입맛도 돌아오고 설사도 거의 하지 않는다. 카포지 종양이 환상적으로 낫고 있다. 폴이 내게 왼발을 보여준다. 적었던 부위는 말짱해지고, 큰 부위는 작아지고 색도 옅어졌다. 가장 중요한 것은 폴의 기분이 좋다는 점이다. 방금 수혈을 받아서 기운이 있다. 토요일 아침, 나는 그의 가족과 병원에 있다. 다들 행복하고 들떠 있다. 폴이 퇴원한다. 그는 몇 주 만에 평상복을 입는다. 옷이 크다. 바지는 겉돌고, 셔츠는 헐렁하다. 나는 그것을 알아차리고—다들 그렇지만—모른 체한다. 폴이 불안정하게 걷는다. 그를 부축하는 손길과 미소가 많다.

1927—파산 지경에 이른 '워너브라더스' 영화사가 알 졸슨 주연의 〈재즈 싱어〉를 개봉한다. 무성영화에 노래 네 곡과 부수적인

음악, 다양한 효과음이 더해지고, 자막 대신 말소리가 입혀진다. 그 결과 이야기가 유연하게 흐르고 플롯도 매력을 얻는다. 영화는 대히트한다. 유성영화 시대가 시작된 셈이다.

뭔가 하기 위해, 시간을 보내고 제어권을 갖기 위해 폴과 나는 방을 재배치한다. 그가 지시를 내리면 내가 움직인다. 우리는 장난스럽게 움직인다. 나는 거드름을 부리다가 헐떡대며 책을 옮기고, 침대가 아무것도 아닌 양 옮긴다. 폴이 웃음을 터뜨린다.

1928년은 폴이 맡은 해고—또 오늘은 그의 생일이다—아주 멋진 해였다. 영국에서 남녀 동일하게 참정권이 확대된다. 파리에서는 육십삼 개국이 전쟁을 국가 정책수단으로 삼지 말자는 '켈로그—브라이언드 조약'에 서명한다. 아멜리아 이어하트가 최초로 대서양을 횡단하는 여성 조종사가 된다. 알렉산더 플레밍이 페니실린을 발견해서, 감염성 박테리아 질환의 항생제 치료에 획기적인 효과를 얻게 만든다. 라벨의 〈볼레로〉가 세계적으로 히트한다. 캐나다의 퍼시 윌리엄스는 암스테르담 올림픽에서 백 미터와 이백 미터 단거리 경주에서 금메달을 따서 센세이션을 일으킨다. 그렇다. 로카마티오 일가의 이야기도 좋을 수밖에 없다. 생일 축하해, 폴!

1928—월트 디즈니는 최초의 유성만화 〈증기선 윌리〉를 세상에 선보인다. 만화의 주인공은 쾌활하고 짓궂은 인간 모습의 쥐 '미키 마우스'다.

폴이 사진 몇 장을 보여준다. 두 소년의 사진이다. 열다섯 살쯤인 한 아이가 청바지와 두툼한 스웨터 차림으로 오렌지색과 갈색 낙엽더미에 앉아 있다. 둘 다 씩 웃고 있다.

"왼쪽은 고등학교 때 단짝 친구 제임스야."

그는 오른쪽 소년은 누군지 말하지 않는다. 누군지 뻔하다. 바로 폴이다. 나는 짐짓 놀란 내색을 하지 않는다. 하지만 빤히 쳐다본다. 비슷한 구석을 찾으려 애쓰지만—머리칼이든 턱, 코, 눈빛이든—아무것도 없다. '사진 속' 폴과 '내 곁의' 폴은 완전히 다른 사람이다. '내 곁의' 폴은 내 반응을 눈치채지 못한다. 가족사진처럼 과거를 회상하게 하고, 환자에게 기운을 주고, 죽어가는 이를 끌어올리는 것은 없다. 건강한 과거, 무궁한 에너지와 깨끗한 피부를 가졌던 시기를 회상하며 폴은 즐거워한다. 나는 공포에 짓눌려 유령 같은 사진들을 뒤적인다.

우리는 산책을 한다. 아주 천천히 거닌다. 폴은 발을 가볍게 끌면서, 땅바닥을 잘 짚으면서 걷는다. 그래야 경련이 일지 않는다. 여름 날씨라 덥고, 상쾌한 바람이 분다. 너른 푸른 잔디와 나무에서 바삭대는 이파리들을 보고 폴은 마음 설레한다. 우리는 공원 벤치에 앉는다. 그는 경이로운 자연에 감탄하며 쉴 새 없이 두리번거린다. 강렬하고 빛나는 감정이다. 나는 우리 소설 중 손꼽히는 1929년의 이야기를 풀어낸다.

1929—만화책 『소비에트에 간 땡땡』이 출판된다. '에르제'로 더

잘 알려진 벨기에 작가 조르주 레미의 작품이다. 이후 전율 넘치는 용감한 모험담이 담긴 스물세 권이 더 발간된다. 그림은 정확하고 색이 밝고, 내용이 재미있다. 또 그림자 없이 길게 연속되는 선은 에르제가 시초가 된다. 여백이 있으면서도 생생한 스타일로 처리한 선은 문자 그대로 '깔끔한 선'으로 알려진다. 땡땡의 세계가 여러 세대에 걸친 독자들을 사로잡게 된다.

폴은 이 주 넘게 집에서 지낸다. 집은 태양계와 비슷해서, 폴이 태양이고 그를 중심으로 돌아간다. 중요한 방마다 인터컴이 설치되어, 서로 연결되어 있다. 언제나 인터컴이 작동 중이다. '태양왕'의 모든 움직임, 기침, 말이 집 전체에 퍼진다. 그가 음식에 변덕을 부려서 부엌은 어지럽다. 의학 저널들—그는 《네이처》《사이언티픽 아메리칸》《뉴잉글랜드 저널 오브 메디신》을 구입한다—이 서가와 테이블, 바닥에 흩어져 있다. 그의 부모는 내심 이런 잡지를 혐오한다. 사람을 무기력하게 만드니까. 하지만 폴은 열심히 읽어댄다. 그의 물건—스웨터, 반쯤 마신 오렌지주스 잔, 펼쳐놓은 책, 슬리퍼, 중간에 그만둔 단어 퍼즐, 소형 게임기—이 사방에서 뒹군다. 그가 제멋대로여서가 아니라, 지치고 건망증이 심하기 때문이다.

부모와 누나 입장에서 가족은 거의 군대처럼 생활한다. 중요한 일은 모두 제시간에 조직적으로 처리된다. '구호반'은 교대로 자정에 사령관인 폴을 깨워 약을 먹게 한다. 이것은 짐을 나눠서 지는 게 아니다. 다들 서로 그 일을 맡으려 하니까.

폴은 공부를 재개하겠다고 말한다. 통신 수업이나 토론토 대학에서 파트타임으로 수강할 수 있으면 더 좋겠다고. 우린 열심이다. 그는 철학과 영화학을 전공하려고 생각한다.

1930—미국인 천문학자 클라이드 톰보가 우리 태양계의 아홉 번째 행성인 명왕성을 발견한다.

로카마티오 일가는 한 주 동안 미뤄놓게 된다. 폴은 부모님과 조지언 베이에 있는 별장에 갈 예정이다.

폴이 내게 말한다.

"내 백혈구 때문에 가는 거야. 수치가 통 오르지 않아서. 넓은 곳에서 신선한 공기를 쐬면 백혈구에 도움이 될 거래."

그의 낙관이 깃발을 펄럭이는 것 같다.

1931년은 내가 쓸 해지만 폴이 하겠다고 나선다. 내 이야기가 별 게 아닌 데다—미국 건축가 알프레드 버츠가 발명한 '스크래블'로 더 알려진 가로세로 단어놀이에 기초한 내용이다—그날 서글픈 기분이어서 그에게 맡긴다. 폴은 떠나기 전에 간단하고 묘한 이야기를 한다. 그 후 난 더 슬퍼진다.

1931—오스트리아 태생의 미국인 수학자 쿠르트 괴델은 불완전성 정리를 발표한다. '괴델의 증명'이라고 더 잘 알려진 이 정리

는 어떤 수학 체계 내에도 그 체계 내의 공리에 기초해서 증명될 수 없는 명제들이 있으며, 그러므로 산술의 기본 공리들이 모순이 될 수 있다는 점을 증명한다.

잭과 메리는 급히 폴을 토론토로 데려온다. 배에 통증이 있어서 폴은 배를 부여잡는다. 가족은 병원으로 직행한다.

백혈구 수치가 500이다. 맙소사. 면역 보호가 거의 바닥이다. 무방비 상태인 셈이다.

1932—소련에서 사회주의 리얼리즘이 예술 작품의 공식적인 이론이자 방법으로 발표된다. 계층 없는 사회를 건설하는 것만이 예술의 주제로 허용되며, 가치를 평가하는 유일한 척도가 된다. 그 결과 순전히 정치적이며 끝없이 진부한 소설과 그림이 양산된다.

상황의 균형을 맞춘다는 게 이상하긴 해도, 균형 면에서 볼 때 아들보다는 형제를 잃는 게 한결 낫겠지. 부모보다 앞서 세상을 뜬 자식. 과거보다 미래가 먼저 사라지는 것…… 그보다 영혼을 죽이는 일이 더 있을까? 소멸은 궁극적인 무기력이며, 죽음보다 나쁘다. 병을 잘 받아들이는 사람은 없지만, 폴의 누나인 제니퍼는 잘 해낸다. 내게도 그렇지만, 폴의 투병이 그녀의 젊음을 짓누른다. 제니퍼는 더 침착하고, 진지하며 조용해진다. 그녀는 밤에 삶의 작은 위험 요소들이 걱정되어 잠을 이룰 수가 없다고 자주 말한다. 자신의 안위 때문인 줄 알겠지만, 그게 아니라 부모 때문이다. 폴이 중병을 앓은 후로 제니퍼는 부모에게 말 없는 압력을 느낀다. 사랑이라는. 그녀는 무슨 일이 있어도 부모를 실망시키고 죽어선 안 된다고 생각한다. 그래서 감전될까 봐 욕실에서 헤어드라이어도 쓰지 않는다. 이제는 맨홀 뚜껑이 열려 있거나, 옆을 지날 때 차 문이 확 열릴까 봐 자전거도 타지 않는다.

나는 1933년을 다루고 싶지 않다. 솔직히 로카마티오 일가를 완전히 버리고 싶다. 최근 친구에게 바둑을 배워, 바둑판을 가져간다. 규칙이 간단하지만—가로와 세로 줄이 있는 판에 흰 돌과 검은 돌로 게임을 벌이는데, 상대편보다 땅을 많이 확보하면 이긴다—체스만큼이나 복잡하다. 하지만 체스보다는 초보자가 수월하게 접근할 수 있는 게임이기도 하다. 폴이 빠져들 것 같다. 그가 내 말을 막는다.

"잊은 게 있는 것 같은데?"

"오늘은 그럴 마음이 없어."

"중요한 일은 그것뿐이라고 했으면서."

"글쎄……."

"1933년에 무슨 일이 일어났는지 알아?"

"미국에서 뉴딜 정책이 시작되었지."

"그것 말고."

"룸바가 대유행한 일?"

"그것도 말고."

"킹콩이 가짜 속눈썹을 달고 나타난 일?"

폴은 내가 맡은 해를 차지한다. 마르코 로카마티오는 올랜도의 소액주주 집단을 제어할 권리를 확보해서, 번창하는 회사의 이사회에서 올랜도가 빠지게 만든다.

1933—아돌프 히틀러가 독일 총통이 된다. 포츠담에서 제3제국이 선언된다. 바바리아의 다카우에 있는 탄약 공장에 첫 수용소가 마련된다.

폴이 1933년을 맡았으므로, 원래 그의 해인 1934년과 1935년을 내가 맡는다. 나는 당당하게 나선다. 신생아와 그 아기에게 느끼는 사랑보다 위대하고 아름다운 것은 없다. 나는 라스 로카마티오의 출생을 발표한다.

1934—온타리오 북부 칼랜더 인근의 가난한 프랑스계 캐나다 농가에서 다섯 쌍둥이—에밀리, 이본느, 세실, 마리, 아네트—가 태어난다. 역사상 처음으로 생후 몇 시간 이상 생존한 일란성 다섯 쌍둥이다. 이 좋은 소식이 퍼져서, 희소식을 갈망하는 세상 사람들을 기쁘게 한다. 곳곳에서 돈, 옷, 음식, 모유, 도구, 조언이 쏟아진다. 적십자는 이들의 시골집 맞은편에 특별한 초현대식 병원을 세운다. 하지만 사람들은 선물만 보내는 게 아니

다. 다들 호기심을 가진다. 이 기적의 아이들을 직접 눈으로 확인하고 싶어한다. 곧 세상이 이 디온느 가족에게 밀려들기 시작한다. 이곳이 캐나다 최고의 관광지가 된다. 병원이 커져서 '퀸트랜드('quintland' quint는 다섯이라는 뜻—옮긴이)'라는 단지의 중심지가 된다. 관광객들이 밀려들어 하루에 육천 명이 찾아와, 밖에서만 보이는 유리창으로 다섯 아이가 특별 놀이방에서 뛰어노는 모습을 구경한다. 관광객들은 총 오억 달러를 쓴다. 세계적으로 칼랜더는 캐나다에서 가장 유명한 도시가 되고, 부동산 가격이 치솟는다. 호텔, 모텔, 레스토랑, 기념품점 할 것 없이 성황을 누린다. 직접 와서 보지 못하는 이들도 세 편의 할리우드 영화, '폭스—무비톤'의 뉴스 필름, 수많은 잡지의 표지, 여러 제품의 광고에서 다섯 쌍둥이를 볼 수 있다. 세상은 매일 쌍둥이들이 어떻게 지내는지 알고 싶어한다.

이틀 후 나는 헬싱키 시청에서 일어난 짜릿한 사건을 다룬다.

1935—보수당의 R. B. 베넷 수상이 총선을 발표한다. 그의 통치는 일인 독재와 아주 비슷해졌다. 그는 대공황 문제를 해결하겠노라고 장담하며 "모든 난관을 쓸어내버리겠다"고 말했다. 1935년 더이상 가솔린을 살 수 없는 형편이 된 사람들은 차에서 엔진을 떼고 차체를 말에 연결한다. 그들은 이것을 '베넷 마차'라고 부른다. 1935년 캐나다인들이 베넷을 쓸어내버린다. 보수

당은 최악의 패배를 기록해서, 이백사십오 석 중 고작 사십 석을 얻었다. 윌리엄 L. M. 킹이 다시 수상에 오른다.

폴은 내 말을 잘 듣지 않는다. 침 넘기는 소리가 들린다. 나는 이야기 때문에 적어온 메모지를 보다가 고개를 든다. 폴의 눈에 눈물이 그렁그렁하고 입술이 떨린다. 나는 말을 멈춘다.

그가 신음을 내뱉는다.

"아…… 살고 싶어. 다른 야망은 모두 포기할 수 있어."

폴이 울기 시작한다. 그가 더듬더듬 말한다.

"인생이 하잘것없어져도 사—상관없어. 후—진 일이라도 뭐든 하겠어."

처음 겪는 일이 아니다. 자주 있는 일이지만, 지금 이 순간 나는 마음의 준비가 안 된 상태다. 겁이 난다. 침대 옆의 의자에서 일어선다. 난 문으로 향한다(누굴 데리러 가나?). 그러다 다시 앉는다. 일어난다. 침대에 걸터앉는다.

"시—시간이 있으면 좋겠어."

난 말을 하고 싶지만 말이 (무슨 말을?) 나오지 않는다. 울고 싶지만 그러면 안 되는 걸 알기에 참는다. 나는 일어선다. 침대 옆 테이블에 놓인 물잔을 잡는다.

"이건 너무 불공평해."

활짝 젖힌 커튼을 본다(닫아야 하나?). 나는 의자에 앉는다.

"여—여자 친구가 있으면 조—좋겠어."

난 일어난다. 물잔을 테이블에 놓는다. 침대에 걸터앉는다. 폴의 손을 가만히 잡는다.

"더 못 참겠어. 더는 못 차—참겠다구."

나는 문을 쳐다본다. 침대 시트를 쳐다본다(시트를 반듯하게 해야 할까?). 나는 폴을 응시한다.

"폴."

마침내 말이 나온다. 내가 말을 잇는다.

"폴, 포기하면 안 돼. 치료법이 나올 때까지 버텨야 한다고. 미국, 프랑스, 독일, 네덜란드, 여기 캐나다 할 것 없이 전 세계에서 그 연구에 수억 달러를 쏟아붓고 있어. 과학자들은 다른 어떤 일보다 이 일에 매진하고 있다고. 이건 대규모 의료 '맨해튼프로젝트(2차 세계대전 중 미국의 원자폭탄 제조 계획. 수많은 과학자들이 참여했다—옮긴이)' 같은 거야. 매일 새로운 성과가 나오고 있어. 너도 알잖아. 과학잡지를 모두 읽는 사람이 너잖아. 시간은 네 편이야, 폴. 너는 버티기만 하면 돼."

그는 진정하기 시작한다. 우리는 더 대화를 나눈다. 폴이 잠든다. 나는 소설의 내용을 바꿔서 속삭인다. 폴이 깨지 않도록.

1935—대공황이 여전하다. 심하다.

나는 집으로 가다가 401도로에서 교통 체증에 걸린다. 내가 "시간은 네 편이야"라고 말했다니 믿을 수가 없다. 젠장.

1936—스페인 내전이 시작되어 극렬한 유혈 사태를 빚는다.

잭은 이 일을 감당하지 못한다. 그는 바르고 근면한 전쟁 세대로, 철도같이 쭉 뻗은 커리어를 쌓았고, 기관차만큼 엄청난 연봉을 받고, 일등칸같이 차분한 감정으로 살아왔다. 반듯하게 쌓인 구조 안에서 행복을 맛보는 사람이다. 폭탄이 그 구조물을 조각내니 그는 무너졌다. 폴의 투병에 가장 적응 못 하는 사람이 아버지 잭이다. 그의 감정은 탈선한 기차다. 적응하려고, 제어력을 발휘하려고, 아들에게 도움이 되려고 안간힘을 쓴다. 그는 눈이 휑하고 흰머리가 늘어난 허약한 사내다. 또 아들처럼 우울증 치료제를 복용 중이다.

1937—중국을 침공한 일본군이 국민당 정부의 수도에 입성한다. 난징 학살이 이어진다. 육 주에 걸쳐 도시의 삼 분의 일 이상이 파괴되고, 삼백만 명이 넘는 시민과 항복한 병사들이 살해되고, 여성 만 명이 강간당한다.

폴은 다시 수혈을 받는다. 일시적으로 기운을 차리고—직접적으로 연관되어—들뜬 기분이 된다. 나는 1938년은 '크리스탈나흐트'('수정의 밤'이라는 뜻으로 나치군이 유대인과 유대인의 재산에 폭력을 가한 사건—옮긴이) 이야기로 풀어가리라 예상한다. 나치 독일에서 유대인이 생존하리라는 환상이 여지없이 깨진 무서운 학살 사건이었다. 그런데 폴의 반응에 난 놀란다.

"내 이야기가 마음에 들 텐데."

그가 내게 말한다. 정말 그렇다.

1938—헝가리 태생의 아르헨티나인 라즐로 비로는 볼펜을 발명한다.

검사, 검사, 검사. 결과가 나쁘다. 피에 산소가 부족하다. 주폐포자충 폐렴이 재발할 가능성이 있다. 폐가 약하다. 폴은 두려워한다. 호흡이 빠르고 얕다. 그는 그런 이야기를 하기 꺼리지만, 둘 다 마음은 뻔하다. 글을 잘 끌어나가야겠다.

1939—리투아니아의 안타나스 스메토나 대통령이 마지막 라디오 연설을 통해, 조국의 소련 합병에 반대한다. 그것은 무서운 결과를 낳게 된다—1940년대 말까지 강제 수용소의 사 분의 일을 리투아니아인이 채운다. 스메토나는 리투아니아어로 연설하기를 꺼린다. 그러면 작은 조국에서만 알아들을 테니까. 하지만 압제국인 러시아나 독일어로도 연설하기를 거부한다. 그는 마지막 연설을 라틴어로 한다.

나는 병원을 돌아다닌다. 마음의 준비를 하려고. 무슨 일이 다가올 것이다. 심호흡을 깊이 한다. 대단한 치료 성과가 보고되고 있다. 예컨대 절망적인 암의 경우가 그렇다. 그런데 왜 여기는 다를까? 침상에 누운 사람들이 보인다. 내가 지나갈 때 고개를 돌리고 눈을 크게 뜨고 쳐다보는 사람도 많다. 그들은 왜 여기 있을까? 다 '그것'을 앓을까? 알고 싶지 않다. 계단을 내려가 폴의 구역에 다가간다. 의학적인 기적들이 있다. 폴의 신체 기관은 젊다. 복도 끝에서 육십 대 남자가 보인다. 그는 창문 아래, 의자에 앉아서 몸을 가만히 앞뒤로 흔든다. 작은 종이봉투를 양손에 쥐고 있다. 간식 같은 거겠지. 소박한 차림새의 그는 참을성 있게 기다린다. 특권을 못 누리는 사람들의 굴종적인 참을성 같은 것……. 당신 자식은 어디 있나요, 아저씨? 진찰을 받나요? 검사 받으러 갔나요? 아니면 혼수상태 같은 잠에 빠졌나요? 왜 그랬대요? 섹스였나요? 마약 주사 바늘을 같이 썼나요? 그를 보면서, 나는 그가 중요한 인물이 아니라는 느낌에 압도 당한다. 실패자. 그가 죽거나, 그의 자식이 죽어도 누구도 개의치 않겠지. 조문객도 없는 장례식. 방 한구석에는 옷 봉지 몇 개와 빈 침대만 달랑 놓여 있고……. 그렇겠지. 마무리 짓지 못한 일도 없이, 족적도 없이, 그럴듯한 추억도 남기지 못하겠지. 허접한 인간의 고뇌를 봐. 외로운 아픔을 보라고. 아직 폴을 마주 대할 수가 없다. 좀 더 걷는다.

1940—의사인 카를 브란디트는 당국으로부터 달랑 한 문단짜리 편지를 받는다. "지정된 의사들은 철저한 검진을 통해 치료 불가능하다고 사료되는 환자들을 안락사할 수 있는 자격을 갖게 된

다." T4 작전—(폴이 말을 막는다. "믿을 수 있어? T4는 베를린에서 유대인 학살이 일어난 주소인 티에르가르텐스트라세 4번지의 약자면서, 동시에 HIV(Human Immunodeficiency Virus: 인체 면역결핍 바이러스. 에이즈의 원인이 된다—옮긴이)의 공격을 받는 면역 체계의 세포 이름도 된다고. 대단한 우연이지?")이 시행된다. 나치는 사마리아회가 운영하는 신체장애인 시설인 '그라페네크'를 점령해서 안락사 센터로 바꾼다. 안락사 센터는 총 여섯 군데다. 일만육백오십사 명의 '치료 불가능한' 환자들이 그곳에서 죽게 된다. 주로 지적장애인들이지만, 신체장애인들과 나치가 '무위도식자'로 점찍은 이들도 안락사를 당한다. 희생자들을 수송한 사람들은 수술 분위기를 내려고 흰 가운을 입는다. 처음에는 치사 주사를 놓거나 굶기지만, 나중에는 샤워실로 위장한 방에서 독가스로 죽인다. 유가족은 조문 편지와 의사들이 서명한 가짜 사망 진단서와 유골이 담긴 단지를 받는다. T4 작전으로 칠만 명 이상이 생명을 잃게 된다. 교회 집단이 반발하자 1941년 8월에 공식적으로 작전을 마감하지만, 실상은 계속되어 전쟁이 끝나기 전까지 십삼만 명이 더 목숨을 '빼앗긴다.' 이 기술과 경험, 인력 일부가 다른 나라로 이전된다. 예를 들면 폴란드 같은 나라에서 나치는 다른 계획을 실행한다.

폴의 어머니 메리는 한정적이긴 해도 유연성을 발휘한다. 그녀는 소망을 가진다. 생각도 못 할 힘이 밀려와서 소망이 흔들리면, 그녀는 내면에서 뭔가 찾아내는 듯하다. 쪼그라들고 영원히 슬프겠지만 그녀는 그럭저럭 버틴다. 아무튼 책보다는 한결 낫다. 메리가 신앙심이 있어서인지는 모른다. 난 신앙에 대해 이야기하지 않으려고 조심한다. 내가 뭔데 남의 버팀목을 걷어차냐고?

1941—프랑스에서 페탱 원수가 어머니날을 제정한다.

요추 주사는 아프지 않지만—시간이 걸리지도 않았다—폴이 비명을 지른다. 두 번이나 찌른 끝에 바늘이 제대로 들어간다. 난 담담하다고 생각한다—잭과 메리의 눈을 똑바로 보면서 실은 아프지 않다고, 폴이 과민 반응을 하는 것뿐이라고, 진단을 내리는 데 도움이 되는 시술이라고, 오래 걸리지도 않고 다 괜찮아질 거라고 말한다. 난 담담하다고 생각하지만, 물을 마시러 가서는 손이 떨려서 종이컵에 물을 받지 못한다. 허리를 굽히고 수도꼭지에 입을 대고 물을 먹는다.

병실로 돌아온 폴은 지쳐서 모로 누워 있다. 해골 같은 파리한 얼굴에 억센 털이 나 있다. 털이 뻣뻣하게 서 있다. 털의 개수를 헤아릴 수 있을 정도다. 관자놀이 바로 밑에, 턱에. 윗입술 바로 위에도 몇 가닥.

가벼운 대화를 끌어내려고 내가 말한다.

"면도해야겠다."

폴은 몇 번 눈을 끔뻑이다가 대꾸한다.

"이제는 면도 안 할 거야."

그는 기운이 없다. 하지만 다른 이유가 있는 듯하다. 머리털이 빠져서 자라지 않아서겠지. 군데군데 털이 빠진다. 이제 몸에 난 털이 모두 소중하다.

눈물을 쏟고 싶은 심정이다. 폴이 면도를 접은 것이 속상하다. 그는 앙상한 손으로 조사한 메모지 뭉치를 쥐고 있다. 침대에 놓인 종이에는 '반제 회의'라는 제목이 단정하게 적혀 있다. 나치군 장교와 관계 부처 관료 열다섯 명이 베를린 교외에 모여서 '유대인 문제의 마지막 해결책'을 논의한 회의다(모든 유대인을 모아 동부로 이송해서 노동자를 만들어, 열악한 조건에서 저절로 죽게 하는 방침을 정했다—옮긴이). 친위대 소속 특공 경찰 부대는 지역민에게 너무 과격하다는 것 외에도 업무를 다 해낼 수가 없다. 그래서 학살 부대가 이동하는 대신 희생자들을 이동시키게 된다. 정책에서 패러다임이 변한다. 반제 회의의 직접적인 결과로 베우제츠, 소비부르, 트레블링카에 수용소가 세워진다. 아우슈비츠, 헤움노, 마이다네크 같은 수용소는 박차를 가한다. 모두 철로로 연결된 학살 수용소들이다. T4 작전의 베테랑들이 새 수용소들을 지휘해서 효율적으로 운영한다. 예를 들어 베우제츠는 작전 기간 열 달 동안 겨우 서른 명의 친위대원이 우크라이나 전쟁 포로 백 명의 도움을 받아 육천 명의 유대인 남녀노소를 처형한다.

폴은 너무 고단하다. 그는 한숨을 쉬며 말한다.

"못 하겠어. 에피소드 42는 못 하겠다. 1942년은 공란으로 놔둬야 되겠어."

이런 상황에서 어떻게 이야기를 만들겠는가?

"그러자."

멍한 느낌이다. 멍하다. 멍해.

1942—공란으로 놔둔 해.

결과가 나온다. 척수액에 '크립토코쿠스 네오포르만스'라는 곰팡이가 있다. 수막뇌염의 가능성이 있다. 균이 뇌에 올라갈 수도 있다. 의료진은 면밀한 관찰을 할 것이다. 아주 작은 증상만 나타나도 암포테리신 B와 플루시토신(두 가지 모두 항진균제—옮긴이)을 투약하게 된다. 폴은 이상하리만치 차분하다. 난 모든 걸 잊고 싶다. 이 모든 것에서 백육십만 킬로미터쯤 떨어져 있고 싶다.

1943—에밀 가냥과 자끄 쿠스토가 처음으로 물속에서 숨 쉬는 장비를 발명한다. 스쿠버 다이빙이 탄생한다.

폴이 힘없이 이야기를 뱉어낸다. 그가 호흡할 때마다 내 뺨에 숨결이 느껴진다. 그에 비하면 난 힘이 넘친다. 너무 건강하다. 오만한 느낌이다. 균형을 맞추려고, 꺽다리들 같은 짓을 한다. '구부정한' 건강 상태로 돌아다닌다.

1944—『어린 왕자』의 저자인 앙투안 생텍쥐페리가 지중해에서

정찰 임무 중 격추당한다.

부작용이 너무 심하다. 폴은 아지도디티민(항HIV치료제—옮긴이) 복용을 중단할 것이다. 기분이 나아질 거라며 그도 좋아한다. 선고에 난 옴짝달싹 못한다. 더 이상의 치료법은 헛것조차도 없다고 한다. 나는 침대 옆에 앉아서 마음을 진정하려 애쓴다. 목구멍이 조여들고 눈이 후끈거린다. 늘 그렇듯 신중하게 준비한 줄거리가 있다. 모니카 로카마티오가 기차의 칸막이 객실에 혼자 있는데, 기품 있는 노인이 들어선다. 일그러진 얼굴의 지팡이를 짚은 그가 좌석에 앉자, 두 사람은 대화를 시작한다. 하지만 나는 불쑥 역사적인 사건을 바꾸고 이야기 내용도 다르게 한다. 로카마티오 이야기 중 가장 짧은 에피소드다. 살인. 사내가 모니카의 목을 조른다. 살인자가 들판을 달려 도망치는 장면으로 이야기를 맺는다. 심리적으로도, 현실적으로도 납득이 안 되는 대목이다. 달리는 기차에서 어떻게 뛰어내리지? 그 점을 설명하지 않는다. 하지만 폴이 마음에 들어한다.

1945—8월 6일, 오전 8시 15분. 세계 최초로 히로시마에 원자폭탄이 투하된다. 미 공군의 B-29 폭격기 '에놀라 게이'가 별명이 '리틀 보이'인 폭탄을 떨어뜨린다. 폭탄은 하늘에서 앞이 안 보이는 섬광을 발하며 터지고, 이어서 엄청난 공기의 흐름과 귀가 멍멍한 소음이 터져 나온다. 그 후 건물 무너지는 소

리와 불꽃이 타오르는 소리가 요란하다. 그 자리에서 팔만 명이 죽는다. 그 후 부상과 방사능 오염으로 더 많은 사람이 목숨을 잃는다.

나는 병원에서 나와 토론토 거리를 헤매고 다닌다. 가판대에 꽂힌 신문들의 머리기사가 눈에 들어온다—스리랑카, 웨스트 뱅크, 아이티, 이란, 이라크에서 유혈 사태, KKK(미국의 백인 우월주의 세력—옮긴이)가 루이지애나의 선거에서 승리하다, 과학잡지가 해양의 건강에 대해 경보를 울리다. 기분이 좋다. 정신을 차리게 된다. 세상이 변하고 있다! 우린 뻔한 종이 아니다! 환경이 최악의 적! 온실효과와 산성비가 오래 지속되길! 동물이 줄어들길! 모두 줄어드는 열대림과 넓어지는 사하라 사막과 텅 비어가는 바다를 지키는 데 맞섭시다! 모든 저장품은 기근에 공급되겠지. 오염과 인간의 피로 모든 게 더 나아질 테고. 우리의 임무는 깨끗이 하는 것. 이 지구에서 살아 있는 것을 쓸어내버리는 일. 죽음은 우리의 운명이고, 파괴는 우리의 가장 위대한 재능이다. 그러니 전쟁 만세! 빈곤 만만세! 우우 국제 인권위원회! 우우 흰코뿔소! 우우 마더 테레사! 우린 폴 포트(캄보디아의 급진 공산정권의 우두머리로 대량학살을 저지른 인물—옮긴이)와 '빛나는 길'(페루의 공산주의자들이 만든 게릴라 집단—옮긴이)을 신뢰한다! 죽음이여, 길이길이 빛나길! 지성에 죽음을!

내가 있는 곳을 본다. 나는 브룬스윅에서 멀지 않은 블루어가에 있다. 레바논 음식점 앞이다. 햇살 좋은 오후다. 배가 고프다. 음식점에 들어가서 팔라펠(중동식 야채 샌드위치—옮긴이)을 주문한다. 직원이 팔라펠을 만드는 모습을 지켜본다. 내 안에서 뭔가가 풀리기 시작하는 기분이다. 돈을 치르고 거리로 나온다. 입구에는 게시판이 있는 작은 슈퍼마켓이 있다. 광고문을 들여다본다. 잃어버린 고양이 찾는 광고, 요가 광고, 가구 세일 광고, 룸메이트와 드럼 연주자 구인 광고, '아기를 봐드립니다' 광고, 지역 게시판답게 도움을 구하는 광고. 걸음을 옮긴다. 카페가 있다. 보기 좋은 사람들. 금발의 웨이트리스는 검은 옷을 입고 검은 뿔테 안경을 쓰고 있다. 섹시하다. 부랑자가 다가와서 잔돈을 구걸한다. 나는 어디 쓸지 묻는다. 그는 "아프리카를 먹일 것"이라고 대답한다. 그에게 일 달러를 준다. 그는 비틀비틀 걸어간다. 나는 계속 걷는다. 나는 헌책방의 진열장 앞에서 멈춘다. 흥미로운 책들이 많다. 들어가서 손톤 와일더의 『산 루이스 레이 다리』와 이탈리아 작가 디노 부자티의 단편집을 산다. 계속 걸음을 옮기며 상점들과 사람들을 구경한다. 얻어맞은 충격이 가신다. 어찔하다. 우리의 우습고 기묘하고 난해한 방식이 모두 그렇다. 오후 나절을 블루어가에서 얼쩡댄다. 산호초 주변을 맴도는 물고기마냥.

하지만 오해는 마시길. 난 큰 재앙도 즐기는 능력을 키운 것뿐이니까.

1946—인도차이나에서 식민지를 두고 프랑스와 호치민 군대 사

이에 전쟁이 벌어진다. 결국 미군이 프랑스군 대신 들어오게 될 테고, 1975년까지 베트남에서 전쟁이 계속될 것이다.

"이걸 봐."
폴이 말한다. 그의 해골 같은 손이 느릿느릿 머리통에 닿는다. 그는 머리칼을 움켜쥔다. 머리카락을 당긴다. 머리카락은 잠시 버티다가 뽑힌다.
"진짜 웃긴 소리가 난다니까. 선배는 못 들어도, 내 머릿속에서는 무진장 우스운 소리가 나거든."

1947—영국 통치가 종식되기 전, 인도는 힌두교도와 이슬람교도의 두려움과 열망을 수용하기 위해 분할된다. 곧 인도는 독립을 성취하고 파키스탄이 탄생한다. 하지만 파키스탄은 지리적으로 애매한 위치에 있다. 동파키스탄(지금의 방글라데시)은 서파키스탄에서 일천육백 킬로미터 이상 떨어져 있다. 이미 화해할 수 없는 벵골과 펀자브 지방을 지나 새 국경이 만들어진 것이 힌두교도와 이슬람교도 사이의 갈등을 증폭시키는 요인이다. 대규모의 난민들이 유입된다. 칠팔백만 명의 이슬람교도가 인도를 떠나 파키스탄으로 향한다. 같은 수의 힌두교도들이 거꾸로 피난한다. 무서운 폭력행위가 자행된다. 이십만 명 이상이 목숨을 잃는다.

폴의 세계는 위축되고 있다. 이제 외국 여행은 물을 것도 없다. 집에 가는 것도 여행이다. 병실을 벗어나는 것도 여행이다. 걸을 힘도 없다. 겨우 화장실에 가서 용변을 보고, 그나마 가끔은 너무 힘겨워한다. 침대 가장자리가 수평선이 되어간다.

1948—간디가 힌두교 광신자에게 암살당한다.

잭은 전부터 향토사광이었지만, 폴이 발병한 후로 더욱 열광적이었다. 패밀리 컴팩트(19세기 캐나다의 정치를 좌지우지한 부유하고 건설적인 엘리트 집단—옮긴이), 더햄 보고서(영국의 더햄 경이 캐나다에 대해 작성한 보고서—옮긴이), 강직한 프랜시스 본드 헤드 경(영국 출신의 캐나다 행정관—옮긴이), 아이삭 브록 소장(캐나다를 지휘한 장군—옮긴이)에 대해 말한다. (그는 내게 묻는다. "브록 경이 채널 제도 출신이라는 걸 알아?") 잭은 끝없이 향토사에 매료되고, 아는 것을 나와 나누려 한다. 나는 주의 깊게 듣고, 사려 깊은 질문을 하지만 사실 패밀리 컴팩트니, 더햄 보고서니, 프랜시스 본드 헤드 경이니 아이삭 브록 소장한테 관심이 없다. ("저지 출신이던가요?" "아니, 채널 제도의 건지 섬.") 나는 아픔 때문에 그를 좋아한다. 잭과 퀸스톤 고원 전투나 비극적인 테쿰세(캐나다의 인디언 추장—옮긴이), 지칠 줄 몰랐던 심코(캐나다의 초대 부총독—옮긴이)에 대해 대화할 때면, 폴에 대해 얘기 중이라는 인상을 받게 된다.

1949—중국 인민공화국은 마오쩌둥을 서기장으로 세운다. 마침내 중국이 독립을 되찾는다.

고통이여, 물렀거라.

1950—세계의 무관심 속에 중국은 티베트를 침공한다.

폴은 딸꾹질에 시달린다. 발작적인 딸꾹질 때문에 기운이 빠진다. 그는 깨어 있을 힘도 없고, 잠들 만한 평화도 누리지 못한다. 무시무시한 비몽사몽 속에서 헤맨다. 의사들이 마약을 쓰다가 최면 요법을 동원한다. 그들은 걱정이 많다.

로카마티오 일가의 이야기는 엿새 동안 미뤄진다.

상황이 최악에 도달하다가 갑자기 나아진다. 폴은 기운이 없지만 안정기에 들어선 것 같다. 기적적으로 딸꾹질도 멈추었다. 설사도 거의 멎었고. 폐도—늘 걱정이다. 어느 입원 환자는 주폐포자충 폐렴이 일곱 차례나 재발했다—괜찮다. 폴은 오래전에 알파 인터페론 치료를 끝냈고, 카포지 종양이 퍼졌지만 거울이 아주 멀리 있고 기운이 없어서 신경 쓰지도 못한다. 그것은 그나마 나은 증세다. 폴은 지속적으로 비타민과 미네랄 용액을 관류시키고, 잠을 많이 자고, 침대에서 거의 벗어나지 않는다. 임산부처럼 갑자기 어떤 음식이 당긴다고 하지만, 넘기지 못하고 토하기 일쑤다.

1950년—에피소드 50—은 폴이 전적으로 책임진 마지막 대목이다. 이제는 집중력을 유지하지 못한다. 독서도, 글쓰기도 못한다. 대신 내 상상력을 비평적으로 감상하는 입장이 된다. 나로서는 폴이 너무 쉽게 피로해하는 게 유일한 휴식 시간이다. 그는 어느 때든 잠든다. 문장 중간에서 잠에 빠지기도 한다. 그는 자기 싫어한다. 잠에 빠져드는 것은 지친 몸이다. 나는 그가 쉬게 내버려두고, 나중에 깨면 다시 소설을 풀어간다. 하지만 시간이 흐르면서, 나는 그가 잠든 걸 알고 줄거리를 소곤댄다.

1951—아랍 연맹은 회원국에게 이스라엘의 경제 제재를 강화하도록, 특히 석유 공급을 차단하도록 지시한다.

폴은 소변을 보면서 통증을 느낀다. 의사들이 도뇨관을 점검한다. 아무 문제도 없다. 요로가 감염된 듯하다. 그런 소박한 쾌감도 그를 외면한다.

1952—남아프리카 공화국의 대법원은 다니엘 F. 말란 수상이 제기한 흑백 분리 정책의 원칙들을 무효화한다. 인종 분리제도는 1910년 남아프리카 연맹이 생기기 훨씬 전부터 존재했지만, 그 전에는 이렇게 체계적으로 시행되지 않았다. 법원의 조처 직후, 국회는 정부가 발의한 대법원의 권력을 제한하는 법률안을 승인한다. 말란과 후계자들인 요하네스 스트리돔과 헨드릭 버우

어드는 흑백 분리 정책의 재설립을 추구한다.

이제 폴은 먹지 못한다. 가끔 얼음을 빤다. 나는 그런 생각을 못 하고 초콜릿을 먹으면서 병실에 들어간다. 폴이 나를, 내 손가락을, 내 입을 노려본다. 그는 배고프지 않다. 초콜릿을 먹었던 기억 때문에 먹고 싶어한다. 그가 초콜릿을 먹으면 토하리란 것을 난 안다. 하지만 그 눈빛이라니! 캐러멜이 붙은 부분을 조금 잘라서, 폴의 혀 끝에 놓아준다. 그가 혀를 당긴다. 몇 초가 흐른다. 나는 초콜릿이 녹고 입에 침이 고인 것을 상상한다. 갑자기 그가 거칠게 숨을 쉬더니 입을 벌린다—구토증! 난 그의 혀 위로 손가락을 넣어 초콜릿 조각을 꺼낸다. 침대 옆에 있는 물잔에 손가락을 넣어서, 레몬 맛이 나는 물 몇 방울을 폴의 혀에 떨어뜨린다. 그는 눈을 감고 있다. 그는 한편으로는 구토와 통증을, 다른 쪽으로는 기진함을 느낀다. 나는 기다린다. 폴이 눈을 뜬다. 그는 괜찮다. 내가 씩 웃는다.

"어쨌든 너한테는 안 좋아. 충치 생겨."

내가 말한다.

"여드름에도."

그가 대답한다. 폴은 어렵사리 웃는다.

그는 기분이 좋다. 나는 두 가지 줄거리를 준비해왔다. 내가 더 나은 것을 고른다. 투르쿠에서 열린 '전국 고교 토론대회'에서 조르지오 로카마티오가 우승한다. 'TV는 민주주의에 도움이 되나?'라는 주제로 토론해서, 그는 코이비스토 대통령에게 직접 '케코넨

상'을 받는다.

1953—다그 함마르셸드가 유엔 사무총장으로 선출된다.

수혈은 천천히 진행되어 시간이 걸리지만, 폴의 몸은 그 충격을 받아들인다. 그는 기분이 좋아진다.

그러다 피를 토한다.

"내출혈입니다."

간호사가 말한다.

나는 눈길을 거둘 수가 없다. 눈을 감지도, 돌리지도 않을 것이다. 시트와 폴의 손에 피와 투명한 액체가 묻는다. 간호사는 비닐장갑을 낀다. 무서우리만치 투명한 흰색이다. 문득 겁이 난다—폴의 피가, 폴 자신이. 나는 다시 온다고 말하고 병실에서 나간다. 화장실로 향한다. 안에 들어가 문을 잠근다. 소매를 걷다가 마음이 변해서 셔츠를 벗는다. 누군가 노크를 한다. 당황스러워서 고개를 돌려 문을 본다.

"안에 있어요."

뜨거운 물과 비누를 듬뿍 써서 손, 팔, 얼굴을 씻기 시작한다. 손으로 얼굴을 샅샅이 만지며, 작게라도 베인 자국이나 상처가 있는지 빈틈없이 조사한다.

병실로 돌아가니 폴이 속삭인다.

"여기…… 속에서 타는 것 같아."

나는 시트 위로 그의 가슴팍에 손을 대고 가만히 두드린다. 속에서 타는 것 같다는 폴이 안쓰럽다. 솔직히 폴을 만지고 싶지 않다. 그 후 집에서, 가벼운 접촉을 통해 전염된다는 증거는 없다는 대목을 백 번, 천 번도 넘게 읽는다.

1954—윌리엄 골딩의 소설 『파리대왕』이 출간된다. 남학생들이 태평양의 섬에서 표류하는 이야기다. 처음에는 다들 잘 지내면서 공동선을 향해 노력한다. 하지만 곧 그들의 관계는 살인적인 야만성으로 변질된다. 책이 패권을 차지한다.

난 누워서 지낼 타입은 아니다. 그런 생각을 하고 있다. 칭얼대는 것보다는 한 방 맞는 게 낫다. 천천히 투병하느니, 쇳소리가 나고 유리가 터지는 차 사고가 낫다. 느릿느릿 생명줄이 끊기느니 작별인사도 없이 떠나는 게 낫다. 느릿느릿 진행되느니 총알 한 방이 낫다. 누워서 앓는 건 아니다. 정말 아니다.

1955—제임스 딘이 자동차 사고로 죽다.

폴이 심한 통증으로 힘들어 한다. 어디가 그런지도 모른다. 괜찮다가 한순간, 몸부림치며 괴로워한다. 나로선 기다리며 지켜볼 수밖에 없다.

"아…… 아파."

그가 신음하며 (뭐야? 어디가?) 날 쳐다본다. 그는 낭떠러지에 매달려 있다. 마주 잡은 손처럼 둘의 눈길이 얽힌다. 내가 눈을 떼면, 그가 죽음으로 떨어질 것 같다. 난 눈을 떼지 못한다.

1956—소련은 공산 전제주의에 맞춰 행군하기 꺼리는 나라를 벌주려고 헝가리를 침략한다. 물질적인 피해가 크고, 피난민 이십만 명이 나라를 떠나 서구로 도망친다.

폴은 쉬고 있다. 적어도 눈은 감고 있으니까. 숨소리가 약간 거친 걸 빼면 조용하다. 난 다리를 포개고 팔짱을 끼고, 가만히 앉아 있다. 비명을 지르고 싶다.

그가 깬다. 내가 희미하게 웃어준다.

"깼구나."

내가 말한다.

그는 이날, 신에 대해 이야기하기로 한다.

폴이 속삭인다.

"신이 있다고 믿어?"

나는 그 뉘앙스에 유의한다.

"그래, 믿어."

침묵이 흐른다.

"나도 그런 것 같아."

그가 대꾸한다. 폴은 안심한 눈치다. 이마에 땀방울이 맺힌다.

침을 삼킬 때마다 눈을 감는다. 그는 대학에서 우리가 나눈 무신론적인 토론은 까맣게 잊고 있다.

"난 신이 어디에나, 모든 삶과 문제에 있다고 믿어."

내가 말한다.

"나도 그래."

"우리가 신과 같이 있지 않은 때는 한순간도 없었어. 앞으로도 신과 같이 있지 않은 때는 한순간도 없을 거야."

"그래."

"신이 우리 모두를 돌보시지."

그는 침을 삼키고 잠든다.

1957—이집트 주재 캐나다 대사이자 저명한 일본학 학자인 허버트 노먼은, 미 의회에서 공산주의자라는 중상모략이 다시 나오자, 카이로의 아파트 옥상에서 뛰어내려 자살한다. 매카시즘(미 공화당 상원의원 매카시가 주도한 극단적인 반공 운동—옮긴이) 때문에 캐나다인 한 명이 또 희생자 명단에 오른다.

나는 병원 예배당 사목실에 들린다. 비서에게 모 병동 몇 호실의 환자 폴이 목사님의 심방을 고마워할 거라고 전한다. '파수대(여호와의 증인 교단의 간행물—옮긴이)를 읽으시는 건 곤란하겠죠?'라고 덧붙이고 싶다. 대신 병실에서 마주치지 않으려고 목사의 심방 시간대를 묻는다.

폴이 묻는다.

"난 왜 음식을 안 먹지? 배가 고파지는 약을 먹으면 될 텐데, 안 그래? 먹게 해줘야 할 것 아닌가?"

내가 대꾸하기도 전에 그는 잠에 빠진다. 침대 옆에는 건드리지도 않은 식사가 있다.

1958—보리스 파스테르나크는 소련 정부의 방해로 노벨문학상을 거부한다.

이 에이즈라는 병. 폴에게 남은 건 하나도 없다. 상어 떼가 달려들어도 건질 게 없을 것이다. 태워도 모양이 더 변할 게 없다. 하지만 빨리 진행되는 게 없다. 불현듯 영원으로 밀려가는 게 없다. 잔혹한 마모가 일어날 뿐이다. 그는 침대 밑바닥에 붙어 있다. 삼십오 킬로그램인 체중이 줄고 있다. 이제는 걷지도 못한다. 방광도 괄약근도 제어하지 못한다. 숨을 쉬려면 안간힘을 쓴다. 당구공처럼 머리통이 반들반들하다. 병에 지친 모습이 쓰레기를 연상시키지만—상한 고기, 곰팡이 핀 치즈, 썩어가는 빵, 너무 익은 과일—내 이름을 부르는 떨리는 희미한 목소리에 인간임이 드러난다. 이 에이즈라는 병. 이만하면 충분하니 하느님에게 넘기고 싶다.

폴의 눈 주변에 유난히 큰 반점들이 있다. 살에는 온갖 색깔의 점과 딱지, 상처가 있다. 각종 검사와 주사, 수혈, 관류, 병으로 생긴 것들이다. 밀랍같이 투명한 피부에 파란색, 검은색, 갈색, 빨간색, 보라색, 노란색, 초록색이 번져 있다. 폴은 죽어가는 무지개 같다. 이렇게 따지고 싶다. "말해보세요, 의사 선생님. 저 아이는 열과 설사와 폐렴과 카포지 종양, 그밖에 발음하기도 힘든 증세에 시달리는데, 당신들은 별로 할 수 있는 게 없군요. 하지만 어떻게 피부가 초록색이 되는지 정도는 말해줄 수 있겠죠?"

1959—첫 탈리도마이드 수면제를 먹은 산모들이 출산한다. 사십 개국 이상에서 임산부에게 구토증 치료제로 탈리도마이드를 처방한다. 이 약이 태아에게 해표지증(팔다리의 긴뼈가 없고 손과 발이 몸통에 붙어서 자라는 증세—옮긴이), 귀 모양 이상, 눈 이상, 위장계통에 정상적인 구멍들이 없는 기형을 유발한다는 게 밝혀진다.

새로운 십 년을 더 밝은 이야기로 시작하고 싶었지만, 폴의 눈에 이상이 생긴다. 사이토메갈로 바이러스가 원인인 듯싶다. 손쓸 방도가 없다. 그는 공포에 질린다. 폴은 간호사에게 베개로 질식시켜 달라고 부탁한다. 나이트라제팜(불면증 치료제—옮긴이)이 투약된다. '심한 불안증'에 도움이 되기 위해서.

"여기서 나가고 싶어. 여기가 끔찍이 싫어. 실험용 쥐가 된 기분이야. 나가고 싶어, 나가고 싶다구. 나가고 싶어, 나가고 싶다니까."

그는 스무 번이고, 서른 번이고 같은 말을 한다.

난 손에 종이를 들고 있다. '1960—섹스턴이 첫 시집 『정신병원에 갔다 도중에 돌아옴』을 출간. 대단히 개인적이고 솔직. 본인이 신경증을 앓고 회복한 과정을 때로 놀랍고 냉소적이지만 허약한 이미지로 표현. 곧 지명도가 높아짐'이라고 적혀 있다. 나는 종이를 구긴다. 로카마티오 일가의 이야기를 그만둘 것이다. 그만하고 싶다.

폴의 병실에서 나오다가 목사를 만난다. 흰 머리를 단정히 빗은 오십 대 남성이다.

"아, 폴의 친구로군요. 안녕하세요?"

그가 인사한다. 따뜻한 목소리. 손도 따뜻하다. 종교색을 풍기는 차림새가 아니다. 십자가 목걸이도 없고, 목에 흰 칼라를 대지도 않고. 작고 검은 책만 들고 있다.

"안녕하세요."

"힘들 거예요, 그렇지요?"

그가 묻는다.

"그렇네요."

"붙잡고 싶지는 않아요. 저쪽에 대해 얘기 좀 할까요?"

목사가 폴의 병실 쪽으로 몸을 살짝 돌리며 말한다.

"그만 가봐야겠네요, 목사님."

병원에서 나오니, 너무 긴장되어 몸이 벌벌 떨린다. 자갈이 깔린 길로 간다. 발에 닿는 자갈 소리가 짜증스럽다. 나는 발길질을 하면서 소리 지른다. 다리가 아프기 시작한다. 그 길에서 빠져 나오려고 달린다. 옆에 붉은 벽돌담이 있다. 멈추어 선다. 벽에 등을 댄다. 손가락이 갈고리처럼 느껴진다. 무릎을 꿇고 앉아서 흙을 판다. 검은 흙이 손톱 밑을 파고든다. 이마를 땅에 대고 눈을 감는다. 땅의 거친 서늘함이 이마에 닿는다. 난 꼼짝 않고 누워 있는다. 숨을 쉰다. 가만히 누워 있다. 숨을 쉰다. 가만히 누워…… 쉰다.

차를 몰고 집으로 간다. 남부 온타리오주를 삼키는 토론토 교외의 악몽 속을 지난다. 폴의 곁을 벗어나자 안도감이 드는 것은 사실이지만—밀실공포증에서의 탈출이고, 절대 필요한 기지개고, 눈부신 긴장 이완이다—낙심되기도 한다. 폴과 같이 있으면 너무도 살아 있는 느낌, 환하게 살아 있는 느낌이 든다. 그와 떨어지면, 사물이 꽉 찬 공간에 들어간다. 하찮은 일들, 상업적인 것, 천박함이 내게 달려들어, 둔한 나태 속에 빠지게 한다. 차를 몰고, 끝없는 악몽같이 펼쳐진 교외 지역을 지난다. 폴만, 로카마티오 일가만 생각한다.

폴의 병실 문 옆에 '방문객들께 앳시 씨가 앞이 안 보인다는 점을 알립니다. 들어가면 누군지 밝혀주십시오'라는 안내문이 붙어 있다. 도저히 내 눈을 믿을 수가 없다. 난 욕실로 가서 이십 분간 나오지 않는다.

병실에 들어가니 폴은 누워서 날 기다리고 있다. 그는 눈을 뜨고 있다. 내게 눈길이 쏠린다. 난 초조하다. 아무 말도 못 한다. 마침

내 입을 열지만, 나도 어쩔 수가 없다.

"비, 비, 빌어먹을. 폴, 눈이 안 보인다며."

처음으로 나도 어쩌지 못하고, 내 슬픔을 드러낸다. 난 폴 앞에서 무너진다. 참을 길 없는 흐느낌이 터진다.

위로받을 사람이 누군데 그가 날 위로한다.

"쉬, 쉿. 다…… 괜찮아."

그의 목소리가 잘 들리지 않는다. 그가 말을 잇는다.

"누구 차례……였더라? 몇 년도지? ……내 차례인가?"

망할 놈의 세상. 그 순간 난 절망적인 줄거리를 만든다.

1961—다그 함마르셸드 사무총장이 유엔 평화 활동을 펼치다 콩고 상공에서 비행기 사고로 죽는다.

폴은 '그래'라는 말만 한다. 그는 열두 시간마다 모르핀을 맞는다.

폴은 휠체어에 앉아 있다. 이날은 메리의 생일이어서, 아들이 집에 가는 것이 그녀에게는 생일 선물인 셈이다. 폴은 털모자, 목도리, 스웨터, 장갑, 담요로 중무장을 하고, 선글라스를 끼고 있다. 코와 윗입술만 겨우 보인다. 10월의 인디언서머 중이다. 난 재킷도 입지 않았다. 하지만 그는 뼈와 가죽만 남았다. 휠체어가 흔들릴 때마다 마리오네트(줄에 매달아 움직이는 인형—옮긴이)처럼 팔다리가 젖혀진다.

병원에서 마지막으로 기억나는 것은 내가 복도를 걸어갈 때다. 어느 병실의 침대 옆 테이블에 장식품이 있다. 선홍색 심장을 쥔 분홍색 사기로 된 손 모양이다. 왜 죽음에 대한 취향이 저리 흉할까?

폴은 의식이 또렷하다. 침대에 반듯하게 누워 있다. 집에 돌아와서 행복해한다. 다시는 병원으로 돌아가기 싫다고 한다. 옆방은 하루 스물네 시간 근무할 간호사의 방으로 꾸며져 있다.

"내가……."

그가 잠시 말을 끊었다가 잇는다.

"이야기를 하나 더 만들게."

"우린 1962년에 와 있어."

"아니."

또 말이 끊긴다. 폴이 계속 말한다.

"그건 선배가 해. 나는……."

다시 끊기고.

"다른 해를 할게."

"그래. 어느 해를 할래? 내가 조사하는 걸 도와줄까?"

"아니."

말이 끊겼다 이어진다.

"내가 할 해는……."

끊겼다가 다시 이어진다.

"2001년."

말이 다시 끊긴다. 폴이 말을 잇는다.

"그해는……."

말이 끊겼다 이어진다.

"로카마티오 일가가……."

다시 말이 끊긴다. 폴이 덧붙인다.

"백 년 되는 해야."

"좋은 아이디어구나, 폴."

"응."

그는 잠든다. 아니 의식을 잃은 걸까. 난 모르겠다. 이제 폴은 의식이 돌아왔다 나갔다 한다. 나는 폴 대신 1962년을 준비해두었다. 레이첼 카슨(미국의 생물학자—옮긴이)의 『침묵의 봄』에 기초한 이야기이다. 화학 살충제의 위험성과 환경에 미치는 무서운 영향을 고발한 책이다.

나는 〈친구들의 작은 도움으로(비틀스의 노래—옮긴이)〉를 변형해서 부르며 방으로 들어간다. 비틀 폴은 다리에 베개를 낀 채 웅크리고 모로 누워 있다. 언제나 충성스러운 비틀 조지는 침대 옆 바닥에 누워 있다.

"2001년?"

내가 묻는다.

"아직 아냐."

내가 무슨 말을 할 수 있을까? 기다릴 수밖에. 폴은 〈다이아몬드를 지닌 하늘의 루시(비틀스의 노래—옮긴이)〉를 들으며 잠에 빠져든다.

나는 펜과 종이를 침대 옆, 그의 손 옆에 놓아둔다.

오늘은 〈일생의 어느 하루(비틀스의 노래 제목이기도 하다—옮긴이)〉다. 폴은 잔다.

죽음에는 냄새가 있다. 집에서 그 냄새가 풍긴다.

"폴?"

"아직……."

말이 끊겼다 이어진다.

"생각 중이야."

잭은 내게 마로 된 셔츠를 사주었다. 며칠 전, 나는 미시마(일본 소설가 미시마 유키오—옮긴이)의 『풍요의 바다』를 잭에게 주었다. 중고 서적이었다. 그러자 잭은 친절에 보답할 기회를 얼른 잡았다. 그는 폴이 병든 후 많이 변했다. 회사에 장기 휴가를 냈지만, 요즘 그가 말하는 것으로 보면 복직할 것 같지가 않다. 그의 정신과 마음은 다른 것들에 쏠렸다. 하지만 여태도 몹시 떤다. 불안감이 여전한 것이다. 잭은 내게 장래에 어떻게 할 셈이냐고 묻는다. 나는 여행을 한 후 학교로 돌아갈 거라고 애매하게 대답한다. 내가 걱정하는 것은 나의 장래가 아니라 그의 장래인 것을.

"폴?"

"아직……."

말이 끊겼다 이어진다.

"안 됐어."

나는 조지 H를 산책시킨다. 개를 산책시키는 일이 좋다. 아무 목적 없이 시간을 보낼 수 있으니까. 사람들이 애완동물을 사람 취급 하는 꼴을 보면 참을 수가 없지만, 나도 모르게 이 레몬만 한 뇌를 가진 동물에게 말을 건네게 된다. 조지는 평소처럼 뛰지를 않는 것 같다. 꼬리를 늘어뜨리고, 킁킁대는 데도 열의가 없다. 녀석의 체중이 주는 것 같다. 나뭇가지를 주워서 조지의 얼굴에 대고 흔들다 멀리 던진다. 조지는 가지가 공중으로 날아가는 것을 꿈쩍도 않고 쳐다본다. 집에 돌아와서, 나는 메리에게 조지 H가 활기가 없는 것 같다고 말한다. 그녀는 개를 바라본다.

"별로 먹지를 않네."

메리는 개의 간식을 준비한다. 그녀가 개의 빛나는 검은 눈을 응시하면서 말한다.

"조지 H. 이 집에 아픈 가족은 하나로 충분하단다."

그녀는 간식을 던진다.

"먹어!"

조지는 심드렁하게 먹는다. 나는 싱긋 웃는다. 나는 지하실에 내려가서 운다.

"폴?"

"난……."

말이 끊겼다가 이어진다.

"……준비 됐어."

다시 끊겼다 이어짐.

"하지만 나중에."

〈카이트 씨를 위하여(비틀스의 노래—옮긴이)〉가 흐른다. 나는 노래에 귀를 기울인다. 앨범이 다시 시작된다. 심장박동: 160. 혈압: 60에 30. 폴은 죽어가고 있다. 폴은 자고 있다.

조지 H는 침대 위로 올라가 폴 옆에 눕지만, 그를 방해하지는 않는다. 조지 H가 조용히 낑낑댄다. 폴의 입술과 콧구멍에 퍼런 기운이 돈다. 간호사에게 그 증상에 대해 묻는다.

"치아노제에요. 혈액에 산소가 부족할 때 나타나는 증상이죠."

간호사가 말해준다.

"PCP군요."

간호사가 고개를 끄덕인다.

이런. 마지막으로 치닫기 시작했다. 질질 끄는 고통만 남은 순환주기.

종이에 뭔가 쓰여 있지만, 알아볼 수가 없다.

폴은 힘이 없어서 움직이거나 말을 못 한다. 그저 그렇게 누워서 이따금 눈만 끔뻑거린다. 세 시간 전에 모르핀 주사를 맞았다.

"폴? 폴, 나야."

그가 눈을 깜빡거린다.

나는 눈높이를 맞추고 그의 귀를 만진다. 엄지와 검지로 귓불을 문지른다. 폴이 좋아하는 눈치다. 솜을 집어서 폴의 귀를 닦아준다. 먼저 바깥쪽을 닦고 아주 부드럽게 안쪽을 닦아내니, 누런 진물이 나온다. 폴의 입술이 떨리며 웃는 표정으로 변한다.

"걱정하지 마. 오래 걸리지 않을 거야."

내가 속삭인다.

그가 입술을 달싹이며 말을 하려 한다. 말을 뱉어낼 기운이 없다. 그가 버둥댄다.

"2."

말이 시작되다가 만다.

2. 2001년이라는 말이겠지.

나는 엿새 동안 매일 폴에게 간다. 그는 이따금 정신을 차리고—메리는 그가 일어나 앉아 있는 것을 봤다고 했다—말을 해보려 하지만, 내가 있을 때는 그런 적이 없다. 가족에게 폴이 내게 전한 말이 있는지 묻는다. 없다고 한다.

새벽 3시 직전, 조지 H가 정적을 깬다. 침대 옆 소파에서 자던 메리가 곧 깬다. 한 시간 전에 폴을 살펴봤던 간호사도 금방 일어나고, 잭과 제니퍼도 마찬가지다. 조지 H는 폴의 몸에 올라타 있다. 꼬리를 세우고 등의 털이 빳빳하다. 조지 H는 이빨을 드러내고, 처음 짖는 것처럼 사납게 짖는다.

로카마티오 일가의 예순세 번째 에피소드가 됐을 텐데. 그해에 케네디 대통령이 암살되고, 거리에서 사람들이 울었다. 또 그해에 내가 태어났다.

전화선을 타고 소식을 듣는다. 한 마디 한 마디는 평범하지만, 그 말을 이어놓으니 충격적이어서 난 숨을 못 쉰다. 나는 폴의 집으로 향한다.

나는 폴의 방 바깥 복도에 앉아 있다. 사방이 고요하다. 누군가 내 어깨를 만진다. 간호사다. 다정하고 일솜씨 좋은 오십 대 부인이다. 그녀가 내 곁에 앉는다.

"친구가 이렇게 되어 안 됐어요."

나는 대꾸하지 않는다.

"지난 밤 10시쯤, 폴이 의식을 찾았어요. 우린 일이 분쯤 이야기를 나눴지요. 폴이 내게 받아 적어 친구에게 전해달라더군요. 말소리가 확실하지 않았지만, 제대로 적었을 거예요."

그녀가 내게 말끔하게 접힌 종이를 내민다.

나는 그녀의 필체에 감탄한다. 확실하고 둥근 필체다. i의 점도 분명하게 찍혀 있고, t의 가로줄도 확실하게 그어져 있다. 놀랄 정도로 알아보기 쉽다. 맙소사, 들쭉날쭉하고 뒤엉킨 내 필체와 비교하면…….

내가 묻는다.

"이 일은 비밀로 해주실래요?"

"그러죠."

그녀가 일어난다. 간호사는 나를 내려다본다. 잠시 침묵이 흐른다.

그때, 그녀는 내 머리를 쓰다듬는다.

"가여워서 어째."

그녀가 중얼댄다.

2001—사십구 년간의 통치 끝에 엘리자베스 2세가 사망한다. 통치 기간 중 믿기 힘들 정도의 산업 발전이 있었고 물질적인 풍요는 증대되었다. 근시안적이고 환상을 품은 시각으로 보면, 엘리자베스 2세 시대는 가장 행복한 시기다.

미안해, 이게 내 최선이야. 소설은 선배의 몫이야.

폴

미국 작곡가 존 모턴의 〈도널드 J. 랭킨 일병 불협화음 바이올린 협주곡〉을 들었을 때

The Time I Heard the
Private Donald J. Rankin String Concerto with One Discordant Violin,
by the American Composer John Morton

그때 나는 젊었고(지금도 젊다, 스물다섯 살이니까. 당시는 지난 10월, 그러니까 1988년 10월이었다), 워싱턴 D. C.로 고교 동창생을 만나러 갔다. 첫 미국행이었다. 친구는 '프라이스 워터하우스'라는 회계 법인에서 항공 산업 부문의 경영 컨설턴트로 일한다. 아주 똑똑해서—하버드 대학교의 J. F. 케네디 스쿨 출신이었다—돈을 잘 번다. 하지만 그가 바빴고, 날씨는 화창하고 따뜻한 게 문제였다. 그래서 혼자 워싱턴을 구경하러 다녔다. 도시의 공공 구역을 돌아다녔다. 건물 하나가 한 블록을 차지하고, 독자적인 우편번호가 있다. 당당한 입구를 찾으려면 걷고 또 걸어야 하는 곳들을 구경했다. 그런 구역은 푸른 잔디밭마저도 자신감을 드러냈다. 그 가치에 자신 있는 국가나 중심부에 그렇게 넓게 트인 잔디밭을 두겠지. 구경하면서 감탄할 게 많은 지역들이다.

그다음에는 더 파고들었다. 누군가 '목숨을 담보로'라고 말하겠지. 며칠간 뛰어다니니, 도시의 사적인 구역들에 들어가게 되었다. 구경거리로 내세우지 않는 곳들이 있었다. 유적인 기념물이 없는 거리들을 걷다가 뒷골목으로 빠졌다. 구멍가게들과 싸구려 식당들에 들어갔다. 상점 진열장과 버스정류소, 신문 박스, 전봇대에 붙은 광고문들, 널빤지를 댄 건물들, 잡초가 자란 마당들, 벽에 그린 낙서들, 잔뜩 쌓인 쓰레기 더미, 갈라진 인도, 창가에 내건 빨래들을 봤다. 전 재산을 쇼핑용 손수레에 담고 다니는 노숙자와 공원 벤치에서 정치에 대해 이야기했다. 의사당의 둥근 지붕이 보이는 곳에서—열기구처럼 공중에 붕 떠 있는 것 같았다—죽은 쥐를 봤다. 모든 게 흥미로웠다. 모든 게 워싱턴의 일부였고, 워싱턴은 내게는 새로운 외국이었으니까. 부와 권력이 넘치는 도시, 어떤 면에서 세계의 수도인 그곳에는 황폐한 부분도 많다. 사람들이 운동과 건강에 좋은 음식을 미루는 것처럼, 페인트칠과 수리는 내일로 미룬달까.

어느 오후 집으로 걸어가다가, 어떤 표지판에 눈이 끌렸다. 가게 창문에 '매리듀 극장'이라고 둥그스름하게 쓰여 있었다. 글자 몇 개의 칠이 벗겨진 상태였다. 마치 '매리ㅜ 그장'처럼 보였다. 창문의 왼쪽 구석에는 빨간색과 흰색으로 된 작은 종이 간판이 놓여 있었다. '멜 이발소'. 창을 들여다보니 예전에는 극장 일부였던 곳에

이발소용 의자 두 개가 있었다. 의자 하나에 흑인 남자가 앉아 있고, 다른 흑인이—멜일까?—머리칼을 자르고 있었다. 이제 극장은 없는 것 같았다. 하지만 문의 오른쪽에는 종이가 붙은 작은 진열장이 있었다. 뭐지? 가까이 다가갔다.

매리듀 극장에서 열리는 특별 음악회

메릴랜드 월남 참전 용사들의 바로크 실내악 앙상블

알비노니

바흐

텔레만

그 외에 존 모턴의 〈도널드 J. 랭킨 일병 불협화음 바이올린 협주곡〉이 세계 초연됩니다.

1988년 10월 15일 목요일 오후 8시

오세요, 모두 와보세요!

입장권: 정문에서 10달러

내일 밤이었다.

좋았어. 워싱턴의 또 다른 면을 볼 기회였다. 뇌 속의 또 다른 뇌회(대뇌 표면의 주름—옮긴이)와 심장 속의 또 다른 심실을 탐험할 기회. 특별히 월남전에 관심이 있는 것은 아니었다. 그것은 외국의 전쟁이었고 미국의 상처였다. 월남전을 다룬 영상과 다큐멘터리를 봤고, 긴 기사도 읽은 적이 있었다. 그 일로 린든 존슨 대통령이 침몰했다는 것도 알지만, 내게는 2차 대전 같은 민속학 정도로 다가왔다. 오래전의 일이라서 지금은 화려한 영상과 영웅영화의 주제가 되어버린 일 정도로. 또 티켓 값이 마음에 드는 것도 아니었다. 바흐의 음악이라면 언제든 내 오디오로 들을 수 있었으니까. 매리듀 극장에서 열리는 음악회에 마음이 끌리는 것은, 고전음악을 듣는 것 때문이 아닌 해프닝을 본다는 아이디어 때문이었다. 이 〈랭킨 협주곡〉—음이 안 맞는 바이올린과의 협주가 뭔지 몰라도—에 관심이 생겼다. 친구에게 같이 가겠냐고 묻고 싶었다. 여기 온 후로 통 얼굴을 못 봤으니.

하지만 프라이스 워터하우스는 '텍사스 항공사' 노조와의 일을 거의 종결지었고, 뉴욕시는 프라이스 워터하우스가 기안한 JFK 공항과 라과디아 공항 제안서에 예상보다 일찍 답했다. 친구는 바빴다.

다음 날 저녁 8시 5분 전, 혼자 매리듀 극장에 갔다. 문을 열어보았다. 열렸다. 왼편으로 멜 이발소의 문이 있었다. 바로 앞쪽에 복도가 있고, 그 끝쪽 벽에 종이가 붙어 있었다. 문 몇 개를 지나 복도를 걸어갔다. 종이에는 '이쪽으로'라는 글과 왼쪽 문을 가리키는 화살표가 그려져 있었다. 나는 문으로 들어갔다.

매리듀 극장의 로비에 들어섰다. 오른쪽에 이중 유리문들이 쭉 있었다—여기가 극장의 중앙 입구였다. 길에 면한 문들은 내가 들어온 문과 직각을 이룬 듯했지만, 확실하지는 않았다. 이중문이 모두 판자로 폐쇄되어 있었다. 일부 창틀은 무너졌다. 문에는 긴 카펫 뭉치가 세워져 있었다. 로비 맞은편에 매표소가 있었다. 유리창에 먼지가 덕지덕지 끼어 있었다. 사실 로비가 거의 먼지 구덩이였다. 극장이 문을 닫은 후 방치되었으며, 내가 들어온 뒷문은 예전에 사무실이었다는 것은 분명했다. 하지만 불은 밝혀져 있고, 내가 들어온 문은 활짝 열려 있었다. 그러니 음악회가 열리는 장소에 제때 온 것 같았다. 앞으로 나갔다. 큰 기둥 옆에 놓인 테이블이 보였다. 흑인 한 명과 휠체어 탄 백인 한 명이 테이블 뒤에 앉아 있었다. 그들이 나를 쳐다봤다. '무단 침입'이란 단어가 머리를 스쳤다.

"안녕하세요. 오늘 밤에 여기서 음악회가 열리지 않나요?"

"열리지요."

흑인이 대답했다.

나는 테이블로 다가갔다.

"아, 잘됐네요. 티켓 한 장 주세요."

"십 달러입니다."

나는 휠체어에 앉은 백인에게 십 달러를 주었다. 그는 앞에 있는 담배 상자를 열고, 차곡차곡 쌓인 지폐 다발 위에 지폐를 놓았다. 그가 내게 프로그램을 주었다.

"제가 너무 일찍 왔나요?"

"아닙니다. 정각에 오셨소. 저기서 의자를 가져가서 마음대로 앉으세요."

흑인이 대답했다.

그가 손짓한 곳을 보니, 오렌지색 플라스틱 접의자가 쌓여 있었다. 그쪽으로 가서 의자를 꺼냈다. 하지만 그걸 들고 어디로 가야 할지 난감했다. 음악회가 옥외에서 열리나? 주차장 같은 데서? 날씨가 따뜻하긴 한데.

"저쪽이요."

이번에는 흑인이 로비 뒤쪽의 문을 가리켰다.

"감사합니다."

그쪽 문으로 가다가, 나는 몸을 돌려 주변을 보았다.

"수리 중입니까?"

내가 물었다.

"뭐라고 했지요?"

"극장을 재단장하는 중입니까?"

"아니요, 철거 중이라오."

"아, 네."

'이 향군 앙상블이 잠복 작전을 펴는군'이라고 속으로 중얼대며, 문을 밀고 극장으로 들어갔다. 계단 몇 개를 올라갔다.

등 뒤에서 문이 닫히자, 나는 놀라서 우뚝 섰다. 표 파는 사람의 말 그대로였다. 실제로 철거 중이었다. 구경할 요소가 많았다. 발코니가 있고 건축적인 야심으로 꾸민 장치가 많은 커다란 극장이었다. 하지만 처음 눈에 띈 것은 고정된 의자가 하나도 없다는 점이었다. 관객석이 함부로 줄줄이 뜯겨 있었다. 그 결과 1차 대전의 풍경 같았다. 먼지 낀 초록색 카펫 사이로—프랑스의 격전지—갈라진 회색 시멘트 수로들이 흘렀다. 군데군데 구멍과 시멘트 덩어리가 있고, 녹슨 나사못들이 굴러다녔다—병사들의 참호. 매캐한 냄새는 벽을 뒤덮은 누르께하고 거무스름한 곰팡이 냄새일 터였다. 벽면은 흑사병의 전염 경로를 표시한 중세 지도처럼 보였다. 맞은편 벽 비미 리지(1차 대전 당시 캐나다군이 대승을 거둔 곳—옮긴이)의 참호들 너머, 중세의 흑사병이 퍼진 마을들 밑의 벽은 고대 그리스의 유적지였다. 엄청나게 많은 가짜 골동품 석고상이 부서졌으니. 팔, 다리, 머리, 몸통, 방패가 박살 났다—신들의 살육 광경이었다.

나는 비틀대는 문명 속을 헤치고 나갔다. 백오십 명쯤 되는 관객이 있었다. 대부분 남자였다. 몇 명은 휠체어에 앉아 있었다. 셰퍼드를 데리고 온 사람도 있었다. 다들 조용히 대화했다. 혼자 온 사람은 나뿐인 듯했다. 발로 시멘트 덩어리를 치우고 의자를 놓고 앉았다. 무대가 눈에 들어왔다. 말끔히 청소하고 조명을 켜놓은 상태였다. 빛 가운데 오렌지색 의자 열두 개와 악보대 열두 개가 초승달 모양으로 놓여 있었다. 가운데 보면대 하나가 더 놓여 있고. 적어도 예술은 말끔하고 정돈된 곳에서 펼쳐질 터였다. 프로그램을 살폈다.

왼쪽에는

토마소 알비노니: 협주곡 1번 B 플랫, 작품번호 9번

협주곡 8번 G 단조, 작품번호 10번

요한 세바스찬 바흐: 협주곡 6번 B 플랫 장조

협주곡 A 단조

협주곡 D 단조

게오르그 필립 텔레만: 협주곡 G 장조

휴식

존 모턴: 도널드 J. 랭킨 일병 불협화음 바이올린 협주곡

(세계 초연)

오른쪽에는

메릴랜드

월남전 참전 용사

바로크 실내 앙상블

스태포드 윌리엄스: 지휘자

조 스튜어트; 제1바이올린

프레드 브라이든, 피터 데이비스, 랜디 덩컨
즈빅 케르코스키, 존 모턴, 캘빈 패터슨; 바이올린
스탠 '로렐' 맥키, 짐 스캇포드; 비올라
랜스 구스타프슨, 뤼기 모디첼리; 첼로
루크 스미스; 더블 베이스

파이프, 제프, 마빈, 프렌치;
돈 비치, 모로우 하이츠 중학교 음악반;
워싱턴 D. C.시의 시장실;
마블러스 마빈에게 감사드리며,
특히 우리가 발길질이 필요할 때
걷어차준 빌리에게
감사를 전합니다.

프로그램 뒷면에는 '마블러스 마빈 피자점' 광고가 실려 있었다. 그러니까 〈랭킨 협주곡〉의 작곡자는 악단의 연주자였다. '마블러스 마빈 피자점'에 가봐야 될 것 같았다. 프로그램을 접어서 주머니에 넣었다. 어리둥절하고 즐거운 마음으로 다시 극장 안을 두리번거렸다.

8시 15분에 티켓 판매대에 있던 두 사람이 들어왔다. 휠체어에 앉은 백인은 돈 상자를 무릎에 놓은 채 앞쪽으로 왔고, 다른 흑인은 문 가까이 자리 잡았다. 무대 구석에서 누군가 살짝 고개를 내밀었다. 잠시 후 실내의 조명이 꺼졌다. 무대 조명만 환했다.

턱시도를 입은 열세 명이 무대로 나왔다. 열두 명은 악기를 들고 있었다. 스포츠 행사라도 되는 듯 갑자기 환호성과 박수가 터졌다. 연주자들은 빙그레 웃으면서 목례한 후, 의자에 앉았다. 지휘자 윌리엄스만 제외하고. 나는 존 모턴이 누군지 맞춰보려 했다. 바이올린 주자들은 왼쪽에 앉아 있었다. 제1바이올린인 조 스튜어트가 첫 번째 자리일 테고. 나머지 주자들은 알파벳 순서로 앉을까, 아니면 위계질서가 있을까? 알파벳 순서대로라면 존 모턴은 사십 대의 백인 남자였다. 통통한 얼굴, 끝이 곱슬곱슬하고 긴 검은 머리. 여섯 번째 바이올린 주자였다.

연주자들이 악보대를 조정하고 악기를 조율했다. 지휘자 윌리엄스가 청중들에게 몸을 돌렸다. 덩치 좋은 흑인이었다. 그가 울리는 목소리로 말했다.

"워싱턴 D. C. 소방 대장이 이 행사 동안 어떤 연기도 나서는 안 된다고 전해달라고 합니다. 허가 조건이……."

"숨도 쉬지 말라는 건가?"

누군가 소리쳤다.

다들 웃음을 터뜨렸다.

"맞습니다."

윌리엄스가 대답했다. 그가 손을 들어 올리자, 곧 청중석이 조용해졌다. 그가 발표했다.

"알비노니의 협주곡 B플랫입니다."

윌리엄스가 몸을 돌렸다. 그가 오른손을 들었다. 연주자들이 활을 현에 댔다.

잠시 고요했다.

그가 손을 내리자, 내 귀는 음악에 휩싸였다.

그 볼륨에 귀가 멍했다. 한순간 극장은 고요에 잠기더니, 다음 순간 거대한 음악의 물결이 밀려들었다. 꽉 빈 허파에 불현듯 맑은 공기가 채워지는 것 같았다. 실체 없는 뭔가가—굽이굽이 돌고 미끄러지고, 슬쩍슬쩍 비키는 것—우리를 에워싸며 공간을 차지해 버렸다. 갈라진 틈 하나까지 메워버렸다. 극장에 있던 쥐와 바퀴벌레까지도 꼼짝 못 했으리라. 이게 전부 작은 갈색 물건들에서 나오다니.

나는 사물들의 조화에 반했다. 활들이 함께 움직이고, 거미 떼가 거미집을 만들 듯 손가락들이 현 위를 오르내리고, 지휘자의 몸짓이 음악적인 이야기로 해석되고, 제1바이올린 스튜어트가 이끌면 단원들이 따라가고. 이런 능력, 이런 민첩함…… 어떻게 저렇게 할까? 사람이 손으로 할 수 있는 것은 뭘까?

알비노니의 협주곡 B플랫은 3악장으로 구성된다. 난 음악을 몰라서 제대로 묘사할 수가 없지만, 첫 악장은 춤처럼 아주 활달했다. 남녀들이 멋진 드레스 자락을 날리면서 휘휘 원을 도는 광경이 그려졌다. 선율이 올라갔다 내려가고, 올라갔다 내려가더니 화려하게 나선형을 그리다가, 다시 오르락내리락하고 나서 끝이 났다.

곡은 아름답고 빠르게 달음질쳤다. 2악장은 단아한 직선과 비슷해서, 침착하고 느린 움직임이었다. 하지만 선율이 공기가 희박하고 알싸한 높은 산마루를 올라가듯 고조되는 웅장함이 있었다. 3악장은 더 느리긴 해도 1악장 같은 오르내림과 나선형의 움직임이 펼쳐졌다.

음악이란 얼마나 이상하고 경이로운지. 마침내 재잘대던 마음이 조용해진다. 후회할 과거도, 염려할 미래도, 미친 듯 엮어내는 말과 생각도 없어진다. 솟구치는, 아름다운 허튼소리만 있을 뿐. 소리—선율, 리듬, 화음, 대위법을 통해서 유쾌하고 지성적으로 만들어지는—는 우리의 생각이 된다. 툴툴대는 언어와 고역스러운 기호학 따윈 제쳐버린다. 음악은 시끄럽고 무거운 말에 대한 새의 대답이다. 음악은 마음을 말없이 둥둥 뜬 상태로 만든다.

협주곡 B플랫이 연주되는 동안, 음악은 내 생각이었다. 어떤 말도 기억나지 않는다. 그저 조명과 그 안에서 흐르는 음악만 떠오를 뿐.

연주가 끝나자 박수와 환호가 터졌다. '메릴랜드 향군 앙상블'이 일어나서 인사하고 다시 앉았다. 지휘자의 손이 올라갔다 내려가자, 다시 음악이 흘렀다. 이번에는 알비노니의 협주곡 G단조.

이 곡도 놀라웠지만, 명확한 기억은 없다. 사실 집중력이 흩어지기 시작했다. 마음에서 말이 튀어 오르기 시작했다. 텍사스 항공사가 생각났다. 친구는 내게 복잡한 부분까지 설명해주었다. 텍사스 항공사는 휴스턴에 있는 회사로, 프랭스 로렌조란 사람이 사장이었다. 텍사스 항공사 자체는 항공사가 아니었지만—친구는 '지주회사'라고 했다—'이스턴'과 '콘티넨탈', 두 항공사를 거느린 회사였다. 그중 마이애미에 기반을 둔 '이스턴 항공사'가 극심한 재정난을 겪고 있었다. 이 회사는 노조 세 곳과 임금과 근로 조건, 명예퇴직 특혜를 놓고 줄다리기를 벌이는 중이고, 고객 수는 꾸준히 감소했다. 손실을 줄이고 현금 유동성을 확보하기 위해 텍사스 항공사는 자산을 정리하고 직원과 항로를 팔아서 덩치를 줄이고 있었다. 예컨대 이익이 나는 뉴욕—보스턴과 뉴욕—워싱턴 구간을 도널드 트럼프에게 삼억육천오백만 달러에 넘겼다. 하지만 노조들은 이 전략을…… 박수와 환호가 터졌다. 협주곡 G단조가 끝났다.

'메릴랜드 앙상블'이 일어나서 인사를 하고 무대를 떠났다가, 다시 나와서 자리에 앉았다. 지휘자의 손짓이 청중들의 시선을 끌자, 다시 음악이 흘러나왔다. 나는 프로그램을 꺼내서, 무대 조명에 비추어 읽었다. 바흐의 협주곡 6번 B플랫 장조. 첫 부분은 비올라 주자인 맥키와 스캇포드가 이끌었다. 흔들리면서 상승하는 멜로디는 한 로프에 매달려 산을 오르는 두 산악인 같았다. 매키가 앞서서 오르면, 스캇포드가 따라붙었다가 그를 지나치고, 그러면 매키가 다시 힘을 내서 앞으로 나가는 것 같았다. 다른 악기들은 뒤에서 떠받치는 역할을 했다. 파티에서 두 사람을 엮어주려고 분위기를 유도하는 것처럼. 하지만 2악장은 답답하게 들려서, 정신이 딴데 팔렸다.

노조들은 이 전략을 속임수라고 주장했다. 셔틀 노선 양도와 임금 삭감 요구는 텍사스 항공사가 파산절차를 통해 이스턴 항공사를 해체하려는 계획의 일부일 뿐이라고 했다. 회사로서는 계약을 파기하고 임금을 대폭 삭감하고, 항공사를 무노조 기업으로 재설립할 수 있을 터였다. 로렌조 사장은 1983년에 '콘티넨탈 항공사'를 똑같이 처리했다. 논란이 심해지고 시간을 질질 끌면서 진짜 싸움이 벌어졌고, 여론은 이스턴 항공사에 좋지 않았다. 여행사들은 일부 고객이 이스턴 항공사가 가장 편리한데도 탑승을 꺼린다고 보고했다. 전문가들의 분석에 따르면, 논란이 몇 개월 더 길어질 경우 항공사는…… 또 박수가 터졌다. 6번 협주곡이 끝났다. 다음은 협주곡 A단조 차례였다. 스튜어트가 그 일로 바빴던 기억이 난다.

다 엉망진창이었다. 프라이스 워터하우스는 노조들과 계약을 맺기를 원했고, 친구는 밤마다 서류를 한 아름 들고 집에 와서 새벽 두 시까지 일했다. 그는 아침을 먹으면서 상황을 들려주었고—로렌조 사장의 최근 움직임, 판사의 판결, AFL—CIO(미국 노동총연맹 산업별회의—옮긴이)의 위협—나는 전날 어디 가서 뭘 봤는지 이야기했다.

매리듀. 매리듀가 누군지 궁금했다. 러시아에게 알래스카를 사들인 미 국무장관이었나? 아니, 그건 시워드였다. '시워드의 바보짓'이란 말이 있잖아. '매리듀의 바보짓'이 아니잖아.

극장을 둘러보았다. 닷새 전, 나는 대학이 있는 로타운에 있었다. 행복하지 않아도 특별히 불행하지도 않았고, 어떤 삶을 꾸려갈지 궁리했다. 그런데 여기 워싱턴 D. C.에서 베이루트 같은 극장에 앉아 참전 용사들이 연주하는 바흐의 곡을 듣다니. 몇 차례 헤맨 끝에 1월이면 복학해서 철학학사 학위를 받을 계획이었다. 그 후에는 어쩐다? 뭘 해야 하나, 어디로 가야 할까? 여러 직업들을 모색했다. 어디다 뿌리를 내려야 할까?

A단조가 끝났다. 프로그램을 살폈다. D단조로 넘어갈 때였다. 섬세한 바이올린 연주가 흘렀지만, 난 생각에 빠질 수밖에 없었다. 다시 프로그램을 보니, '메릴랜드 앙상블'은 작곡가와 협주곡 사이에는 '콜론(:)'을 사용했지만, 연주자들의 역할이나 악기 사이에는 '세미콜론(;)'을 사용했다. 조셉 콘래드(폴란드 태생으로 영국에 귀화한 작가. 대표작은 『암흑의 핵심』—옮긴이)가 떠올랐다. 콘래드는 구두점 사용의 귀재였다. 잊지 못할 예문이 있다. 콘래드의 처녀작 『올메이어의 우행』의 한 대목이다. 올메이어는 말레이 제도의 외딴 구석에서 이십 년간 일한다. 전부터 그 일이 늘 싫었지만, 혼혈아인 예쁜 딸 니나를 위해 부자가 되어 유럽으로 돌아가고 싶기에 쉴 수가 없다. 그는 "백인들이 네 미모와 재력 앞에서 절하는 걸 보고 싶다"고 말한다. 하지만 그곳에서 보낸 이십 년은 실망과 굴욕과 가난의 이십 년이다. 그러다 이 열대 지역밖에 모르고 여기서 행복한 니나가 아버지의 반대에도 말레이 연인 다인과의 결혼을 결정한다. 유럽에 가지 않겠다고 한다. 올메이어는 망연자실한다. 그는 모든 것을 잃는다. 부단한 노력 끝에 실패와 낭패만 남았다.

하지만 꼭 그런 식일 필요는 없었다. 올메이어는 자신이 죽을 때가 되었음을 깨닫는다. 그는 거의 성공할 뻔했다. 재산, 성공, 영광은 거의 성취할 뻔했지만, 약간의 불운, 작은 착오가 생긴 것이었다.

그는 딸의 상냥한 얼굴을 바라보다가 의자를 밀고 벌떡 일어났다.

"듣고 있니? 모든 게 말이다 ; 그래 ; 손 닿을 곳에 있었지."

얼마나 뛰어나게 세미콜론을 사용하는지. 문장의 구조가 감탄스럽다. 쭉 나열된 세 마디를 '그래'라는 한 단어가 떠받친다. 문장의 무게와 긴장감이 한마디에 실린다. 평범한 작가라면 문장 사이에 쉼표를 썼을 것이다. 맞줄을 쓰기도 했을 거고. 하지만 다른 삽입구 없이 '그래'를 세미콜론으로 분리시켜서 진정한 효과를 끌어냈다. 두 세미콜론(;;)의 밑부분은 낙심해서 올린 두 손의 손가락들처럼 굽었고, 윗부분의 점들은 필사적인 눈망울마냥 노려본다. 그 사이에 놓은 말은 결국 빈손이 된 불행한 이십 년의 참담함을 외친다. 이 문장의 구두점은 정교하고 강력하고, 역동적이다. 진짜 거장의 솜씨다.

마침내 D단조가 끝났다. 이 음악회는 끝없이 이어졌다. 시간을 봤다. 밤 9시 33분. 휴식 시간이 되려면 아직 텔레만 곡이 남아 있었다. 이쯤에서 나갈까 싶은 마음이 생겼다. 하지만 그냥 있자고 자신을 다독였다. 다음 협주곡의 작곡자가 눈앞에 있는데 어딜 간다고 그래. '음이 맞지 않는' 바이올린이 뭘까? 아주 훌륭한 곡일 수도 있었다. 난 몬트리올에서 들은 네덜란드 바이올리니스트의 연주를 떠올렸다. 긴 단조로움 사이사이에 머리를 흔들며 끽끽 소리를 내고 정신없이 현을 뜯는 '소음' 그 자체인 곡이었다. 선율이나 리듬의 흔적은 없이 사람의 감각을 공격해서, 청중 여럿이 중간에 '보따리를 쌌다.' 난 그 연주가 좋았다. 생명력이 넘치는 곡이었다. 또 로타운에서 본, 우크라이나계 캐나다인 작곡가도 있었다. 그는 〈지속되는 음악〉이라는 곡을 연주했다. 그의 손은 피아노 건반 위를 파도처럼 오르내리며, 느릿느릿 선율을 끌어냈다. 매혹적이었다. 그래, 이 〈랭킨 협주곡〉도 아주 좋은 곡일 수 있어. 무슨 일이 있어도 놓칠 순 없지.

텔레만의 협주곡 2악장은 아주 힘이 넘쳐서, 나도 딴생각을 못했다. 곡은 화려하게 끝났다. 박수와 휘파람, 환호성이 쏟아졌다. 앙상블 단원들은 몇 차례 인사를 하고, 악기를 들고 무대를 떠났다. 실내에 불이 들어왔다.

드디어 휴식 시간.

고함소리에 난 화들짝 놀랐다.

"미켈롭 있어요. 올드 밀워키 있어요. 코로나 있어요. 론스타 있어요(모두 유명한 맥주의 이름이다—옮긴이)."

문간에 있던 흑인이었다. 그는 크고 파란 아이스박스 다섯 개를 꺼냈다. 돈 상자를 든 백인이 얼른 휠체어를 밀고 가서 아이스박스 뒤에 자리 잡았다. 그들은 맥주를 팔기 시작했다. 캐나다인인 나는 '이게 합법적인가?'란 의문이 생겼다. 나는 일어나서 다리를 폈다. 전투 참호들을 지나서, 벽에 난 유난히 선명한 곰팡이 자국을 살펴봤다. 진짜 중세의 마을과 흡사했다. 거리에 나타난 유령을 볼 것 같았다. 불쌍한 자는, 아침부터 겨드랑이 밑에 이상한 혹이 생기고 몸에 열이 나는 걸 걱정하겠지. 흑사병으로 중세 인구의 삼 분의 일이 줄었다지 않던가. 나는 손을 뻗어 벽을 만졌다. 벽지가 워낙 썩어서 뜯겨 나올 것 같았다.

벽의 아래쪽에 널브러진 조각상들을 내려다보니, 아테나 여신의 투구 쓴 두상이 눈에 띄었다. 알아볼 수 있는 얼굴은 그것뿐이었다. 다른 것들은 육체적으로 완벽한 익명의 남녀 그리스 조각상이었다. 머리, 팔다리, 몸통이 잘렸다는 사실이—가장자리가 날카롭고, 석고는 너무 거칠었다—원래의 아름다움에 비참한 요소를 주었다. 허리를 굽히고, 두상을 내 쪽으로 돌렸다. 초점이 없게 만든 눈이지만, 이제 그 눈길은 비극적으로 냉담했다. 조각들을 다시 붙여보고 싶은 유혹이 느껴졌다.

청중들은 삼삼오오 모여 서서 이야기를 나누었다. 파티의 불청객이 된 기분이었다. 내 자리로 돌아가 웅크리고 앉아서, 이런저런 생각에 잠겼다.

사십 분쯤 지나서야 정신을 차렸다. 긴장이 감도는 분위기였다. 모두 다시 앉았고 대화는 끊겼다. 다들 진지한 표정이었다. 그제야

깨달았다. 알비노니, 바흐, 텔레만은 시간 때우기용이었음을. 여기 모인 사람들은 〈랭킨 협주곡〉을 들으러 왔다는 것을.

조명이 꺼졌다.

지휘자 윌리엄스가 무대에 나왔고, 뒤이어 연주자들이 나왔다. 마룻바닥이 삐걱대는 소리가 들렸다. 열한 명이 앉고, 두 명은 그대로 서 있었다. 알파벳 순서가 맞았다. 존 모턴은 내가 짐작한 그 사람이었다. 그가 지휘자에게 다가가서 몇 마디 속삭였다. 윌리엄스가 고개를 끄덕였다. 모턴은 지휘자의 왼편에 자리 잡았다. 그가 바이올린을 어깨에 대고 고개를 기울여 바이올린에 기댄 다음, 손가락을 가볍게 지판에 올렸다. 그런 다음 오른손을 들어 활을 현 위에 올렸다. 어떤 이미지가 머리를 스쳤다. 시스티나 성당, 〈아담의 창조〉, 신이 아담에게 내민 손—둘의 손끝 사이의 강렬한 간격. 모턴은 윌리엄스를 바라보았다. 지휘자가 오른손을 들었다. 악단은 똑같이 활을 현 위로 올렸다. 모턴은 오른손에 시선을 두었다. 손이 내려올 때……그때 들은 소리를 어떻게 말로 표현할 수 있을까?

음악이 색깔이라면 극장은 색들이 펼쳐지는 만화경이 되었으리라. 더블 베이스에서 쏟아지는 침착한 파란색, 비올라와 첼로가 펼치는 청록색, 바이올린들이 흘리는 주황색. 특히 모턴의 바이올린에서 울어대는 색을 검붉은 색으로 묘사할 수 있으리라. 음악이 색깔이고 내가 카멜레온이라면, 난 영원토록 색을 바꿨으리라. 〈랭킨 협주곡〉의 색깔 속에서 지워지지 않을 색을 입었으리라.

내 둔한 눈으로 음악을 묘사할 수 있었다. 무대밖에 안 보였다. 썩어가는 극장은 사라졌다. 청중도 사라졌다. 무대만 존재했고, 그 무대에 존 모턴만 존재했다. 나는 추남이 미남이 되는 것을 보았다. 튀어나온 눈, 돼지 같은 얼굴, 빌려 입은 턱시도 밑으로 배가 불룩한 추남이었다. 미남은 몸을 굽히고, 얼굴을 일그러트리고, 몸을 떨었다. 아름다운 그는 사실 흉했다. 나는 추함이 고뇌로, 고뇌가 아름다움으로 변하는 것을 보았다.

〈랭킨 협주곡〉은 길지 않아서 십 분도 안 됐다. 악단은 제대로 연주하지 못했고, 원래대로 마무리하지도 못했다. 그러나 몇 분 동안 내 삶의 모든 것은 쓰레기였고, 고민과 어리석은 소리는 저만치 밀려났다—구름이 갈라지듯이. 난 숭고함을 보았다.

음악은 정중하게, 궁전 무도회식으로 시작했다. 춤추는 사람들이 천천히 정확하게 움직이는 광경을 상상해보길. 각자 어떻게 해야 할지, 파트너가 어떻게 할지 안다. 하지만 곧 음악은 생기 있고 논리적인 선율로 바뀌었고, 어찌나 자연스러운지 안 들어도 짐작할 수 있을 듯했다. 나머지 부분을 내게 맡긴다 해도 마무리 지을 수 있을 것 같았다. 그러더니 곡은 작은 나선형을 그리며 아주 높은 곡조로 올라갔다. 그 높은 곡조에서 돌고 돌며 흔들렸다. 중국 서커스단의 접시 돌리기처럼 그렇게 돌았다. 그 높이에서 갑자기 내려앉으며 다시 생기 넘치는 선율이 되었다. 봄의 급류가 천둥소리와 충만함과 포기가 뒤섞여 쏟아져 내리는 것 같았다.

모턴이 곡의 대부분을 연주했다. 그는 혼자 나와서 굽이치는 곡조를 끌고 나갔다. 가차 없이 뜨겁게 쫓아가는 악단이 그 곡조를 반복해서 쏟아냈다. 선율이 섬세해서 모턴의 왼손은 지판 위에서 뛰어다니며 떨었고, 활은 정신없이 그어졌다. 처음부터 그는 실수를 했다. 이 점은 분명히 해야겠다. 중요한 대목이다. 〈랭킨 협주곡〉의 연주는 형편없었다. 문외한인 내가 듣기에도 뭉개지거나 틀린 소리를 내는 대목을 찾을 수 있었다. 모턴이 따라가지 못해서 느리게 연주되는 대목도 귀에 들어왔다. 하지만 곡의 가치는 훼손되지 않았다. 그 반대였다. 〈랭킨 협주곡〉의 강력한 힘은 모턴의 미숙한 연주를 통해 드러났다. 그가 틀릴 때마다 견고한 완벽성이 암시되었고, 그의 멈칫거림은 자유를 맛보게 했다. 이런 음악은 생전 처음 들어봤다. 여기에는 로봇 같은 정확함은 없었다. 펑크록처럼, 잭슨 폴록처럼, 잭 케루악(1950년대 미국 비트문학의 선두주자인 소설가, 시인—옮긴이)처럼 진정 인간적이고, 완벽한 미와 카타르시스적인 실수가 섞인 음악이었다.

음악이 느리게 연주되었다. 비올라와 첼로는 꾸준히 우울한 곡조를 끌어냈다. 협주곡이 한숨 돌리는 모양이었고, 모턴도 마찬가지였다. 그는 왼쪽을 재킷에 닦고 입술을 빨았다. 긴장한 표정이었다.

악단이 되살아나며, 깊고 낮은 곡조를 연주했다.

모턴도 다시 시작했다. 이 부분은 언어로 표현하지 못하겠다. 모턴이 해낸 일을 정확히 정의할 전문용어가 있겠지. 하지만 있다 해도 난 그런 용어를 모른다. 음악 때문에 내 영혼이 밖으로 나와 공중으로 솟았다가 내려오는 것을 어떻게 음악용어로 설명할까? 내가 그 곡조의 오르내림에 맞춰 호흡했다고, 존재했다고 어떻게 말할까. 어떤 곡조이기에, 소용돌이 모양으로 흔들리다, 존재가 잦아들기라도 할 듯이 한순간 속삭임 같아지더니 곧 호랑이처럼 공중을 긁어댈까. 어떤 곡조이기에 흠결이 있든 완벽하든, 아린 섬세함이 담긴단 말인가. 어떤 곡조이기에 고양되었다 떨어지고, 드높여졌다 곤두박질친단 말인가.

이 축복 어린 고뇌의 와중에 음이 맞지 않는 바이올린이 나왔다. 그 시간은 삼십 초도 안 됐다. 앙상블이 파란색, 초록색, 오렌지색의 중간 높이의 큰 덩어리를 연주할 때, 모턴이 갑자기 높은 빨간 곡조와 낮은 검은 곡조로 그들 위로 올라갔다가 위에서 곤두박질쳐서 그들 밑으로 내려왔다. 소리에 감정이 실릴 수 있다면, 그랬다. 이것은 영기 서린 위대한 감정이었고, 듣는 이들에게 분명하게 느껴진 것에서 다시 분명하게 느껴지는 것으로 완벽하게 해석된 감정이었다. 내가 그 순간 느낀 것은, 내가 사로잡힌 감정은 무시무시한 슬픔이었다. 고동치고 압도하는 감정이었다. 몇 초 동안 나는 번민에 빠졌다.

악단이 갑자기 일정하게 흔들리는 곡조를 연주하자 불협화음 바이올린 부분이 끝났다. 갑작스레 평정을 되찾으려는 시도처럼 불쑥 끊어졌다. 하지만 모턴은 평정을 되찾지 못했고—그는 연신 실수를 했다—그러다가 포기하고 연주를 중단했다. 그가 양손을 내렸다. 한 손에 활과 바이올린을 엑스 자 모양으로 들고, 고개를 떨어트렸다. 지휘자가 곡을 이끌어가려고 안간힘을 썼지만, 나머지 단원들도 곧 제어력을 잃었다. 음악이 거기 있다가 갑자기 흩어지기 시작하더니, 완전히 길을 잃었다. 청중석에서 낮게 웅얼대는 소리가 넘쳤다. 연주자들은 분투를 접었다. 제1바이올린 스튜어트가 마지막으로 포기했다. 갑자기 조용해졌다.

나를 놓아버린 기분이었다. 다시 내 자리로 돌아간 것 같았다. 가슴이 뛰고 입으로 숨을 쉬었다. 모턴에게 양손을 내밀고 싶었다. 음악이 거기 있었다. 난 봤다. 난 느꼈다. 훌륭하고 강한 아름다움이 있었다.

침묵이 길어졌다. 박수는 없었다. 모든 것의 표면에 감정이 실렸다. 벽이나 바닥을 건드리면 우르르 무너질 것 같았다.

청중석에 불이 들어왔다. 난 움직이지 않았다. 내 존재를 막았던 벽들이 무너졌고, 난 놀라운 자유를 경험하고 있었다. 속이 텅 비고 열리고 변한 기분이었다.

다양한 소리가 귀에 들어왔다. 갑자기 숨을 들이쉬는 소리. 의자에서 움직이는 소리. 셰퍼드가 낑낑대는 소리. 청중들이 떠나기 시작했다. 교회에서처럼 조용히 나갔다. 연주자들도 하나둘 무대를 떠났다. 모턴은 세 번째로 나갔다.

난 움직이지 않았다. 주위를 둘러보았다. 매리듀 극장이 변했다. 이제는 폐허가 아니었다. 이곳은 웅장한 사원이었다.

티켓을 팔던 흑인이 들어왔다. 청중석에는 나만 남아 있었다. 그는 부산스럽게 오렌지색 의자들을 쌓기 시작했다. 나는 거들기로 했다. 열다섯 개쯤 쌓자, 이만하면 말을 붙여도 되겠다 싶어 말을 걸었다.

"아름다웠어요."

그는 의자 네 개를 쌓고서야 대꾸했다.

"그래요."

나는 다섯 개를 더 쌓았다.

"그가 녹음한 적이 있나요?"

"아니요."

또 다섯 개.

"다른 곡도 작곡했나요?"

"아니요. 함께 연주할 시간만 겨우 냅니다."

다시 다섯 개.

"그는 결혼했나요?"

멍청한 질문하고는. 왜 그런 걸 물었는지 모르겠다. 음악과 무관한 첫 번째 질문이었다. 그가 세상과 맺은 관계에 대해 혼란스러웠겠지.

"그가 결혼했느냐고?"

사내는 처음으로 날 쳐다보며 반문하더니 대답했다.

"맞아요, 결혼했지. 부인 이름은 '조니 워커(위스키 상표—옮긴이)'요."

그를 내버려두는 게 좋겠다 싶었다. 마지막으로 극장을 둘러봤다.

"감사합니다. 또 뵙죠."

내가 인사했다. 그는 대답하지 않았다. 조용히 빠져나왔다.

로비의 테이블에서 휠체어를 탄 백인이 돈을 세고 있었다. 그는 고개를 들더니 목례했다. 나는 그가 십 달러짜리 지폐를 다 셀 때까지 기다렸다.

내가 말했다.

"멋있었어요."

그는 싱긋 웃었다.

"그렇지요? 하지만 연주를 마쳤으면 좋았을 텐데."

그는 한결 친절했다. 남부 억양이 있고, 목 아픈 사람처럼 톤이 높고 부자유스러웠다.

"나름대로 연주가 근사했다는 생각이 들어요."

"그래요, 맞아. 나도 똑같은 생각이요. 나름대로 대단했지."

"그분이 다른 곡도 작곡했나요?"

"아, 그럼요. 하지만 이번 곡처럼 완성도 있는 것은 없을 거요."

그는 오 달러짜리를 세기 시작했다.

"수입이 괜찮나요?"

"턱시도와 의자 대여료는 충당해야 될 텐데."

"늘 여기서 연주하세요?"

"아니요, 보통은 고교 강당에서 하는데, 이번에는 존의 협주곡도 있고 하니 진짜 극장에서 하기로 했지요. 알다시피 세계 초연이니."

"읽어서 압니다. 그 곡을 녹음하려고 애써보시지요. 진심입니다, 진짜 좋았어요."

"그래요, 그래야겠지요. 하지만 힘든 일이에요, 힘든 일이지. 우린 전문 악단도 아니고, 클래식 음악은 팔리지도 않으니까. 하지만 빌리가 다시 시도해볼 거요."

그는 일 달러짜리 지폐를 세기 시작했다. 뒤에서 헛기침 소리가 났다. 나는 뒤돌아보았다.

존 모턴이었다. 그는 헐렁한 초록색 작업복 바지와 셔츠 차림이었다. 한 손에는 바이올린 케이스를, 다른 손에는 비닐봉지를 들고 있었다. 아까 무대에선 그를 봤지만, 바로 앞에서 보니 경이로웠다. 난 옆으로 비켜섰다.

"아, 파이프."

그가 말했다. 가벼운 미국식 발음이지만, 캐나다 억양과 크게 다르지 않았다. 파이프는 돈을 세던 손길을 멈추었다.

"여어, 멋쟁이. 멋진 연주회였네. 근사한 연주회였어."

"아닌 것 같은데."

모턴이 대답했다.

"무슨 말을 하는 건가? 우린 방금 대단한 연주회였다고 얘기하던 참인데, 안 그렇소?"

파이프가 날 쳐다보았다.

"네, 그랬지요. 이런 곡은 들어본 적이 없거든요. 믿기 힘들 정도였습니다."

"하지만 끝내지 못한 걸요. 나는……."

파이프가 말을 끊었다.

"그런 건 중요하지 않아. 나름대로 아름다운 곡이었네."

나는 열심히 고개를 끄덕였다. 그의 넓적한 얼굴에서 눈을 뗄 수가 없었다.

모턴은 믿지 못하겠다는 듯이 고개를 저었다.

"이걸 주고 가면 되나?"

그가 비닐봉지를 들어 보였다. 그러느라 바이올린 케이스는 테이블에 놓았다. 봉지에는 턱시도를 입은 여우 그림이 있고, 그 위에 '턱시도 타운 대여점'이라는 글자가 있었다. 나는 바이올린 케이스를 쳐다보았다. 안에 작은 갈색 동물이라도 있을 것 같았다. 조련사의 손에 있을 때를 제외하면 아주 위험하고 공격적인 동물이.

"그럼. 안에 다 들어 있지?"

파이프가 말했다. 그가 봉지를 받아 들여다보았다.

"응."

"됐네."

파이프는 봉지를 휠체어 옆에 내려놓았다. 옆에 '턱시도 타운 대여점' 봉지가 여러 개 놓여 있었다.

"고맙네. 그럼 난 부지런히 가봐야겠군."

모턴이 몸을 살짝 돌렸다. 그가 손으로 머리를 빗질했다.

"존, 좋은 연주였네."

파이프가 다시 말했다.

"빌리는 어디 있지?"

파이프는 극장 문을 가리키며 대답했다.

"뭘 하는데?"

"의자를 망가뜨리고 있겠지."

"빌리가 뭐라던가?"

"글쎄……."

파이프는 질질 끌다가 말을 이었다.

"어느 시점에서 내 휠체어 오른쪽 바퀴를 뽑을 기세였으니, 마음에 든 게지."

"정말?"

"존, 내 말을 믿으라구. 그럴 수밖에 없었던 거야……. 너무 아름다워서 마무리할 수 없는 거라구."

존 모턴은 고개를 끄덕였다.

"내일 만나는 거 맞지?"

"맞네."

"알았네. 잘 있게, 파이프. 고마워."

"내일 만나세, 존. 이제 자랑스러운 마음으로 오늘 밤은 편안히 지내게."

모턴은 파이프와 내게 목례를 하고 걸음을 옮겼다. 나는 떠나는 그를 지켜보았다. 파이프가 잔돈을 세기 시작했다. 따라가야 하나? 아닌가? 이미 늦었어. 아니, 안 늦었어. 늦었어. 아니야. 갑자기 결정을 내렸다. 안 늦었어.

"가봐야겠습니다. 근사했다고 생각해요……. 솔직히 지금까지 가본 음악회 중 최고였습니다. 안녕히 계세요."

"잘 됐군요. 고맙소이다. 잘 가요."

문을 밀고 복도로 나와 달렸다. 길에 나갔을 때 모턴이 차를 빼서 내 오른쪽으로 향하고 있었다. 대형 상자같이 생긴 차에서 예인선 같은 시끄러운 소리가 났다.

나는 주저하지 않고 차를 쫓아갔다. 무슨 생각으로 그랬는지 모르겠다. 평소 같으면 뛰어서 차를 쫓아가지 않는다(사실 차를 타고 다른 차를 쫓아가지도 않는다). 모턴은 얼른 모퉁이를 돌아 사라졌다. 하지만 빨간 미등과 그가 천천히 운전하고 내가 힘껏 뛴 덕분에, 그가 가는 곳까지 따라갈 수 있었다. 차를 무서워하는 개처럼 죽어라 뛰었다. 몇 킬로미터는 족히 될 터였다. 어느 무시무시한 동네를 지났는지도 모르겠다. 내가 뛰는 걸 본 사람들은 벽에 딱 붙어 섰다. 모턴의 차는 주차되어 있고 그는 보이지 않았다. 숨을 몰아쉬며 인도에 주저앉았다. 땀에 흠뻑 젖고, 심장은 쪼개질 것 같고, 다리는 욱신거렸다.

"빌어먹을. 이렇게 뛰었는데 소득이 없다니."

나는 헐떡대며 중얼거렸다.

몇 분이 흐르자 기운을 차리기 시작했다. 일어나서 차 주변을 맴돌았다. 그는 어디 살까? 그를 찾아낼 길이 있을까?

그때 모턴을 보았다. 길 건너에서. 그는 은행 안에 있었다. 물론 은행은 문을 닫았지만—밤 11시가 지났으니—안에 불이 켜져 있었다. 모턴은 카운터 앞을 지나고 있었다. 그가 미는 수레에는 쓰레기 봉지가 매달려 있고, 빗자루와 솔, 걸레, 세제가 담겨 있었다.

그는 청소부였다.

모턴은 수레를 가운데로 끌고 가더니 '미스터 클린(가정용 세제 제품명—옮긴이)' 병을 꺼냈다. 그는 병에 든 것을 꿀꺽꿀꺽 마셨다. 그 후 납작한 오렌지색 빗자루를 꺼내서 대리석 바닥을 쓸기 시작했다. 그는 바닥을 다 쓸자, 수레를 카운터에 밀어놓고 오른쪽으로 사라졌다.

그가 육중한 바닥 닦는 기계를 밀고 나타났다. 앞쪽에 커다란 둥근 패드가 있고, 뒤쪽에 작은 바퀴 두 개가 달린 모양이었다. 그는 플러그를 꽂고 바닥을 윤내기 시작했다. 내 귀에는 기계음이 들리지 않았지만, 제법 큰 소리가 나리란 것은 알고 있었다. 모턴은 느릿느릿 앞뒤로 오가며 침착하게 기계를 작동했다. 하고 있는 일에 만족감을 느끼는 눈치였다.

그 사람에게 무슨 말을 해야 하나? 감사와 찬탄의 말밖에 없었다. 그가 내 뜻을 오해할까? 날 성가셔할까? 그는 일을 멈추고 '미스터 클린' 병에 든 것을 마셨다. 그는 행복한 술꾼일까…… 아니면 막무가내 주정뱅이일까?

곧 그는 바닥을 다 닦았다. 바닥 닦는 기계의 플러그를 빼서 전선을 감기 시작했다.

결정을 해야 했다. 늦은 시간이고 어두웠고, 여기까지 왔으니…… 더 나쁜 일이 벌어지기야 할라고.

길을 건너서 은행으로 가서, 창문을 두드렸다.

모턴이 고개를 돌렸다. 그는 의아한 얼굴로 날 보았다. 잠시 쳐다보더니, 하던 일을 계속했다.

다시 창을 두드렸다.

그가 잠깐 돌아보았다. 나는 오른쪽, 그러니까 은행의 출입구를 손짓했다.

모턴은 손바닥을 보이며 어깨를 으쓱했다.

나는 왼손을 어깨높이로 올리고, 오른손을 들어 바이올린을 켜는 시늉을 했다.

그가 창문으로 다가왔다. 나는 다시 오른쪽과 내 입과 그를 손짓하며, '얘기해요'라는 시늉을 했다.

그가 손목을 가리켰다. '지금이 몇 신줄 아쇼?'

나는 어깨를 으쓱했다. '그게 어때서요?' 다시 바이올린을 켜는 동작을 했다.

그가 고개를 끄덕였다. 하지만 꿈쩍하지 않았다.

나는 바이올린을 암시하는 몸짓을 하고 손뼉을 치고, 한 손을 가슴에 댔다. '멋있었어요.'

그가 고개를 끄덕였다. 그리고 서서 날 빤히 바라보았다. 희망을 접는데, 그가 자기 오른편, 내 왼편을 손짓했다. 다른 쪽으로 가자는 말이었다.

우린 창을 사이에 두고 나란히 걸었다. 모퉁이를—내게는 인도의 모퉁이, 그에게는 카운터의 모퉁이—돌았다. 모턴이 문으로 향했다. 그는 창문 끝까지 쭉 걸으라고 손짓했다. 나는 아랫부분이 반짝반짝하는 바깥 유리문 앞에 도착했다. 모턴이 전등 스위치를 누르자 복도가 보였다. 그가 문 너머에 있었다.

모턴은 날 조심스레 훑어보았다.

나는 손가락에 침을 묻혀 '랭킨'을 거꾸로 썼다.

그는 고개를 끄덕였다. 모턴이 물음표를 그리고 날 손짓했다.

나는 느낌표를 그리고 그를 가리켰다.

모턴은 잠시 나를 쳐다보더니, 주머니에서 묵직한 열쇠고리를 꺼냈다. 그가 벽에 난 열쇠 구멍에 열쇠를 꽂고 사 분의 일쯤 돌렸다. 그런 다음 자물쇠를 벗겼다. 걸쇠도 세 개나 있었다. 문이 열렸다.

내가 말했다.

"저기요, 선생님의 협주곡이 환상적이었다는 말씀을 드리고 싶어서요. 혼을 쏙 빼더라구요. 그럴 줄은 몰랐거든요. 그 불협화음 바이올린은……."

"이렇게 문을 열고 있을 수는 없소. 들어와요."

나는 얼른 안으로 들어갔다.

"감사합니다. 하지만 방해하고 싶지는 않은데요."

"괜찮소."

그가 문을 잠그고, 벽에 난 구멍에 열쇠를 넣고 반대 방향으로 사 분의 일을 돌렸다.

"그런 불협화음 바이올린 같은 것은 태어나서 처음 들어봤어요. 지금껏 들은 음악 중 가장 아름다웠어요."

모턴이 싱긋 웃었다. 그는 날 보고 있지 않았다.

"잘 됐군요, 잘 됐어. 고맙소. 저기…… 난 일해야 하는데. 일하면서 얘기합시다."

"그러시죠."

우리는 닦아 놓은 바닥을 지나갔다.

"다른 곡도 많이 작곡하셨나요?"

"많이 했지. 자, 나 대신 전화기를 닦아주겠소? 얘기하는 동안에? 어떻게 할지 내가 가르쳐줄 테니."

"네, 닦을게요."

그는 수레에서 천과 흰 플라스틱 병을 꺼냈다. 나는 그를 따라 카운터 뒤로 갔다.

"이런 식으로 해요. 천에 이걸 묻혀서……."

알코올 냄새가 났다. 그가 전화기를 들었다.

"먼저 몸통이랑 수화기대를 닦은 다음—눌리는 부분은 누르고 그 주위는 닦지 말아요—버튼을 닦아요. 그다음에 수화기를 닦고. 송화구는 반드시 닦아야 해요. 그런 다음 수화기를 내려놓고, 지문이 하나도 없도록 말끔히 닦아줘요. 됐소?"

"알았습니다."

은행에는 전화기가 많게 마련이다. 모턴은 '윈덱스(유리창 닦는 세제의 제품명—옮긴이)'와 깨끗한 걸레를 꺼냈다. 그는 창구의 창유리를 닦기 시작했다. 이런 생각이 떠올랐다. '넌 워싱턴에 있어, 지금은 한밤중이야. 넌 은행에 있어. 모차르트와 같이 있는 거야. 그리고 전화기를 닦고 있지.'

"라디오 방송국에서 선생님의 협주곡을 방송하게 해봐야지요."

"우린 전문 오케스트라가 아니오. 누군가 '취미 오케스트라'라고 하더군."

"전문 오케스트라가 그 협주곡을 연주하게 할 수 있을 텐데요?"

"그것도 좋은 아이디어겠구만."

다 소용없는 짓이었음을 그의 말투로 알 수 있었다.

나는 전화기를 다 닦았다.

"그러니까 도널드 랭킨은 친구였나요?"

"그래, 그랬소."

더 자세한 이야기는 나오지 않았다. 내가 제대로 끌어가지 못하고 있었다. 다르게 시도해봐야 했다.

"제가 책상도 닦을까요?"

"그러면 도움이 되겠소."

모턴이 부드러운 섀미 걸레를 꺼내주며 덧붙였다.

"그냥 먼지만 털어내요. 물건을 옮기거나 들 경우에는 꼭 원래 있던 자리에 놓아야 해요. 특히 서류는."

"네."

은행에는 책상이 많다. 모턴은 다른 쪽 유리 칸막이로 갔다. 우리는 말없이 일했다.

드디어 그가 입을 열었다.

"연주를 끝냈으면 좋았을 텐데. 우리끼리 연습할 때는 문제없이 연주할 수 있소. 한데 공개석상에서는…… 사람들 앞에 서면 이만저만 긴장되어야지. 그 실수하며. 완벽하게 하고 싶었는데."

"파이프의 말이 맞는 것 같아요. 그건 문제가 아니었어요."

모턴은 아무 대꾸도 하지 않았다. 나는 하던 일을 계속했다.

그는 유리 칸막이를 마저 닦고, 책상 닦는 것을 도와주러 왔다.

"적어도 바흐는 전체의 한 부분이지. 바흐가 빠진다면 뭔가 무너져버릴 거요. 독일에도 구멍이 날 거고, 우리에게도 구멍이 생길 테지. 나? 내가 뭔데? 나야 아마추어에 불과하오. 테니스공 같지. 여가에 하는 카드 게임이나 단어 퍼즐, 퀴즈 프로그램 같은 거지. 여가…… 제길, 그 정도도 못 되지. 난 여기서 십일 년째 일하고 있소. 직원 휴게실에 포스터를 붙였지. 내 이름 밑에 줄도 그어서. 자기 직장을 십일 년간 청소해주는 사람인데…… 세계 초연이라는데. 은행 사람들이 왔냐고? 한 사람도 안 왔소. 빌어먹게도 인생을 낭비하는 짓거리지. 진공청소기를 가져오겠소."

그는 바닥 닦는 기계로 가서, 손잡이를 눌러 밀고 갔다. 모턴은 진공청소기를 가지고 왔다. 통 모양의 업소용 대형 제품일 줄 알았는데, 바퀴 세 개가 달린 소형 청소기였다. 전선은 아주 길었다. 그가 플러그를 꽂았다. 그는 내가 청소기를 쳐다보는 것을 알아차렸다.

"진공청소기는 개와 비슷해요. 작을수록 소란스럽지."

그가 말했다.

그가 전원을 넣었다. 과연 그랬다. 치와와만한 진공청소기에서 비행기 엔진보다 시끄러운 소리가 났다.

"의자 좀……."

그가 소리쳤다. 그러더니 전원을 끄고 다시 말했다.

"의자와 쓰레기통을 들어주면 내가 먼지를 빨아들이지, 알겠소?"

나는 고개를 끄덕였고, 모턴이 다시 기계를 작동시켰다. 청소기는 무시무시하게 먼지를 빨아들였다. 카펫 가장자리의 보풀이 빨려들지 않는 게 신기했다. 나는 의자를 밀고 쓰레기통을 들어주었다.

은행에는 카펫이 깔린 면적이 넓다.

모턴이 다시 말문을 열었다. 소리 질러야 하지만 개의치 않는 눈치였다. 사실 그로서는 시끄러워서 다행스러웠던 것 같다.

"전에 어느 잡지에 실린 안무가의 이야기를 읽은 적이 있소. 그는 춤을 단순한 오락으로 여기는 사람들을 비웃었다더군. 그는 춤은 인생철학이라고 말했소. 그 말이 마음에 들거든—인생철학. 어디서 내 음악 덕분에 가장 행복했는지 알아요? 내 얘기해보리까?"

네네네. 나는 고개를 끄덕였다.

"베트남이었소. 난 열아홉 살에 거기 갔지. 모험을 하게 될 거라고 생각했소. 1967년 10월에 거기 도착했는데, 1월에 어디서 끝났는지 아시오? 케산이었소! 케산에 대해 들어봤소? 들어본 적이 없겠지? 포위 공격이었소. 현대적인 무기가 총동원되었지만 꼭 중세 같았지. 우린 월맹군한테 완전히 포위당했소. 망할 놈의 웨스트 몰랜드(베트남 전쟁 당시 미군 사령관—옮긴이)는 우리더러 버텨야 된다고 말했지. 그렇게 칠십칠 일이 지났소. 매일 총질하고 로켓포를 쏘고, 박격포 공격을 해대는 자들한테 포위당해서 칠십칠 일간을 버텼다고. 거긴 지옥이었소. 우린 미로 같은 참호들을 파 놓고, 비에 젖은 쥐같이 그 안에서 살았소. 내가 도널드 랭킨을 만난 것도 거기였지. 그가 어디 출신인지 아시오? 미주리주의 모스코 밀스(Moscow는 모스크바의 영어 표기다—옮긴이). 믿을 수 있소? 우린 여기서 월맹군이랑 싸우는데 이 친구는 '모스코'라는 곳에서 왔다니. 그가 그 말을 했을 때 하마터면 쏴 죽일 뻔했다니까. 지금도 그 일을 떠올리면 웃음이 나지. 사실 난 모스코 밀스에 가봤소."

그는 허공을 응시하며 잠시 입을 다물었다. 그는 다시 깔끔하게 진공청소기를 밀었다.

"아무튼 집에 편지를 쓰고 싶었지. 하고 싶은 말이 많았거든. 그런데 그 말을 다 할 수가 없었소. 수렁에 빠진 것 같았지. 문장이 너무 엉겨서 정리를 해야 했지. 또 부모나 누이를 겁먹게 하고 싶지 않았소. 그래서 그 지옥에서 할 수 없이 라디오로 들은 노래의 악보를 적기 시작했지. 가사도 적었지만, 가사를 바꿔서 내 나름대로 쓰는 경우도 많았지. 엘비스 프레슬리를 바이올린으로 연주하면 어떤 소리가 나는지 아시오? 모타운은? 아니면 마마스 앤드 파

파스는? 난 〈먼데이, 먼데이〉를 연주하길 좋아했지."

그는 활짝 웃었다.

"난 사이공에서 바이올린을 구할 수 있었소. 고교 시절에 음악을 배웠지. 덕분에 악보를 제대로 읽고 쓸 줄 알았소. 바이올린이 있었으니 다행이었지. 그래서 그런 노래의 악보에 내가 쓴 가사를 붙여서 부모에게 보내곤 했소. 내가 살아 있고 잘 있다는 것을 그렇게 알렸지. 부모님은 악보를 볼 줄 몰랐지만 가사는 읽을 수 있었지. 어리석은 짓이었겠지만 난 그렇게 했소. 그러다가 라디오를 들으며 악보를 받아 적느라 머리를 굴리는 데 싫증이 났지. 뭔가 하고 싶더군—그걸 어떻게 표현할까?"

그는 공중에 대고 손을 저었다.

"이 베트남의 악몽에서 빠져나올 수 있는 것…… 내게 온전한 정신을 되찾게 해줄 만한 일. 내 곡을 쓰기 시작한 게 바로 그때였소. 전투가 나를 작곡가로 만든 셈이지. 그 푸른 언덕에 폭탄이 터지는 걸 보았고, 스카를라티, 바흐, 헨델, 코렐리를 들었지. 바로크 음악이 그럴듯하더군. 케산에서 조용한 상황이고 비가 내리지 않을 때면, 그늘진 마른 곳을 찾아서 작업에 매달렸소. 동료들이 좋아했지. 윌버가 내 바이올린의 현을 튕기다가—그도 친구였소—줄이 끊어진 일이 기억나는군. 그 친구 얼굴이 얼마나 볼만하던지. 여분의 줄이 있어서 아무 문제가 되지 않았소. 그런데 그 친구가 어찌나 미안해하던지 목숨이라도 끊을 것 같더군. 그가 어떻게 했는지 알아요? 윌버는 통신병이었소. 그가 어떻게 그렇게 했는지 몰라도, 다음번 공중지원 때 바이올린 줄이 많이 왔지. 네 현의 줄이 모두 왔더군. 윌버는 오선지도 얻어주었소. 그래요, 다들 내 곡을 좋아했소. 내가 연주를 시작할 때, 근처에 라디오가 켜져 있으면 얼른 껐지. 거기서 난 음악을 하며 가장 행복했소. 전쟁 통에 땅구멍에 처박혀 있으면서도 말이지."

우리는 청소를 마쳤다. 그는 진공청소기의 전원을 껐다. 조용해지자 안도감이 느껴졌다.

모턴이 말했다.

"그 후로 쭉 내 인생은 시간 낭비지."

그가 전선의 플러그를 뺐다.

"한잔하겠소?"

"괜찮습니다."

모턴은 수레로 가서 '미스터 클린' 병을 집었다.

"은행 측에서 음주를 허용하지 않거든."

그가 웃으며 말했다. 서글픈 웃음이었다. 그는 한 모금 들이켜더니, 허공을 응시했다. 몇 초가 흘렀다. 모턴은 병목을 잡고 가만히 흔들었다.

"젠장. 연주를 제대로 해야 했는데."

"다른 때 다시 하면 되잖아요. 그때는 제대로 하실 겁니다."

그가 고개를 끄덕였다. 하지만 확신하지 못했다.

나는 모턴의 근처에도 갈 수 없었다. 그렇게 아름다운 것을 빚어낼 수 있다면, 술을 마시고 고독에 빠지고 시간을 낭비하는 것도 얼마든지 감수할 텐데. 그렇게 사는 게 말처럼 쉽지 않겠지만 그래도. 그렇더라도.

그가 불쑥 숨을 깊이 들이쉬고 내쉬더니 말했다.

"그렇소, 도널드 랭킨은 친구였소. 청소기를 갖다 둬야겠구만."

그는 진공청소기를 들고 사라졌다.

그가 다시 나타나며 말했다.

"이거야말로 지겹고 신물 나는 일이지. 생활비를 조달하고 아무 방해도 안 받는다는 것밖에 더 있나. 하지만 한 가지 맘에 드는 게 있소. 여기서 나가면 하지 못할 일이지. 난 늘 점검하지. 봐요. 하나, 둘, 셋."

모턴은 책상 세 곳을 가리켰다.

"여기 직원은 대부분 여자라오."

그는 한 책상의 왼쪽 맨 위 서랍을 뺐다. 은행의 책상 서랍에 있을 만한 문구류가 있었다.

"거기."

그가 검지로 물건을 건드리자 난 그제야 알아차렸다. 은행 로고가 찍힌 봉투 옆에 끼어 있는 것…… 감춰진 물건.

탐폰이었다.

모턴은 다른 책상으로 갔다. 또 서랍을 열었다.

"거기도."

또 탐폰.

세 번째 책상. 서랍. 탐폰.

"여기서 일하는 여직원이 많지만, 다른 사람들은 책상에 이걸 두고 다니지 않아요. 아니, 두더라도 서랍에 넣고 열쇠를 잠그겠지. 핸드백에 넣어 갖고 다니거나. 난 모르지만."

그는 조심스럽게 세 번째 서랍의 탐폰을 꺼냈다. 포장지가 구겨져 있었다.

"여기서 생명을 나타내는 것은 이것들뿐이지. 난 이걸 보면서 '피…… 섹스…… 아이들…… 사랑'이라는 생각을 해요. 전에 필라델피아에서 벽에 '난 마법에 걸렸다. 닷새간 피를 흘리고도 죽지 않다니'라고 적힌 낙서를 봤소. 그 문구가 마음에 들어요. 여기서 다른 것들은 모두 죽었소. 죽어서 피 흘리지 않지. 난 여기가 싫소. 낮에 올 때마다 여기가 마음에 들어서 반할 뻔하는 게 싫소. 편안하고 따뜻하고, 사람들은 친절하고…… 어떤지 알 만하지. 나는 속으로 중얼대지. '여기서 주간 근무를 하라구. 급여도 좋잖아, 지금보다 많이 받을걸. 아무튼 사람들이랑 일하고 멀쩡한 시간을 보낼 수 있는데 왜 낮에 근무하지 않는 거야?' 그러다가 퍼뜩 깨닫지. 여긴 위험한 곳이라는 것을. 너무 교활한 곳이라는 것을. 그게 사람에게 스멀스멀 기어드는 거요. 쳇바퀴 도는 생활에 익숙해지는 거지. 그러면 그게 당연한 것으로 여겨지기 시작하지. 결국 다른 것은 생각하지 않게 돼. 그러다 눈 한 번 깜박하면 사십 년이 흘러가고 인생이 끝나는 거요. 가끔 낮에 여기 와서 밖에서 들여다보며 자신에게 물어보지. '왜 이 사람들은 더 요구하지 않을까?' 탐폰이 든 책상이 하나 더 있었소. 그런데 일 년 전쯤 탐폰이 사라졌더군. 잘된 일이다 싶었지. 그녀에게는 깜짝 선물이었을 거요. '생리할 때마다 성가셔. 짜증스럽고.' 그녀가 그렇게 생각했을 거라 짐작했소. 그런데 쓰레기통을 비우는데 탐폰이 있었소—사용하지 않은 것이. 종이에 싸서 버렸더군. 다음 날 일찍 일어나서 은행이 문을 닫기 전에 와봤소. 그 책상에 오십 대 초반의 여자가 앉아 있더군. 로라 브룩스라고."

그가 책상을 손짓했다. 회색 플라스틱 표지판에 그 이름이 검은색으로 적혀 있었다.

"난 말 걸지 않았소. 그냥 팸플릿을 읽는 체하면서 그녀를 쳐다보기만 했지. 로라 브룩스는 이따금 사람들이 말을 걸면 웃었지만, 대개는 일할 때의 심각한 표정을 짓고 있더군. 안쓰러운 마음이 들었소. 생식기능이 끝나버렸으니. 공적인 장소에서 사적인 드라마가 펼쳐지는 거지. 난 로라 브룩스와 관계된 곡을 적고 있소. 〈로라 브룩스 협주곡〉이지. 난 곡에 항상 사람 이름을 붙이지. 집중하는데 도움이 되거든. 플루트, 바이올린, 오케스트라로 구성된 2악장짜리 협주곡이오. 곧 마무리될 거요."

모턴은 탐폰을 원래 자리에 놓고, 마음에 들 때까지 이리저리 돌렸다.

"그래요, 그 곡에 매달려서 끝을 내야지."

모턴은 주위를 둘러보았다. 그의 시선이 벽시계로 향했다. 1시가 넘었다.

"저기…… 여긴 청소가 끝났소. 하지만 저 뒤와 위층에 청소해야 하는 사무실이 굉장히 많아요. 이제 그만 가봐도 되는데."

"괜찮습니다. 귀찮게 해드리고 싶지 않아요. 아무튼 집에는 가봐야 되겠죠."

우리는 내가 들어왔던 복도로 나갔다.

"내가 항상 작업하는 곳을 보여주겠소."

오른쪽으로 돌았다. 그는 왼쪽 세 번째 문을 열고 전등을 켰다. 단순하고 평범한 사무실이었다. 의자 하나, 책상 하나, 책상 앞에 의자 둘, 서류함 둘, 화분 하나, 벽에는 바다에 뜬 배가 그려진 파스텔 색조의 그림 프린트 한 점.

"청소하기 전이든 청소 중이거나 일이 끝난 후, 마음이 생기면 언제든 여기 와서 작곡을 해요. 내 사물함에 보면대를 두고 다니지. 왜 여기서 작업을 하는지 나도 모르겠소. 더 크고 화려한 사무실도 많은데. 그냥 습관이겠지."

"〈랭킨 협주곡〉도 여기서 쓰셨나요?"

"아니요, 그건 오래전에 썼소. 하지만 다른 작품들은 여기서 많이 쓰고 있소."

모턴은 말을 멈추었다가 덧붙였다.

"이 사무실이 마음에 들어요. 여기 있으면 행복하거든."

그가 불을 껐다. 우린 거리로 난 유리문으로 갔다.

"내 협주곡이 마음에 들었다니 다행이오. 고맙게 생각해요."

모턴이 말했다.

"독특했습니다. 잊지 못할 겁니다."

"고맙소. 고마워요."

그가 벽에 열쇠를 넣고 돌려 문을 열었다.

"만나 뵈어 영광이었습니다, 모턴 씨."

"그래요. 청소를 거들어주어 고마웠소."

우린 악수를 했다.

나는 밖으로 나갔다. 그가 문을 잡아주었다.

"다음에 워싱턴에 오면 선생님의 연주가 있는지 알아보겠습니다."

"그래요, 그렇게 해요. 우린 일 년에 두세 차례씩은 연주하려고 하니까."

"꼭 알아보죠."

"그래요, 고마워요. 잘 가시오."

"안녕히 계십시오."

모턴은 문을 닫고 열쇠로 잠근 후, 경보 시스템을 가동시켰다. 그는 몸을 돌리기 전에, 내게 웃으며 손을 흔들어주었다.

서둘러 길모퉁이를 돌아 길을 건너, 그의 차가 세워진 곳으로 갔다. 내가 어둠 속에 있어서 모턴이 쉽게 보지 못할 터였다. 나는 은행 안에서 수레를 끌고 오른쪽으로 사라지는 그를 지켜보았다.

집에 들어가니 새벽 2시 반, 늦은 시간이었다. 친구는 자지 않고 있었다. 그는 기분이 좋았다. 저녁에 일을 많이 했는지, 책상에는 읽고 메모한 서류가 쌓여 있었다. 그 순간 '평행선을 이루는 시간이 얼마나 많은가'라는 생각이 스쳤다. 내게도 시간이 있었고, 친구에게도 시간이 있었다. 그는 음악회가 어땠냐고 물었다. 뭐라고 말해야 될까. 왠지 그 순간, 존 모턴이나 그의 협주곡, 화음이 맞지 않는 바이올린에 대해 말하고 싶지 않았다. 불현듯 울고 싶어졌다. 숨을 깊이 들이마시고, 음악회는 '아주 좋았다'고 대답했다. 친구가 말했다.

"매리듀 극장은 처음 들어보는 이름인데."

그에게 하루가 어땠냐고 물었다. 친구는 이스턴 항공사의 최근 소식을 말해주었다.

다음 날 처음 한 일은 '베트남 참전 용사비'에 가보는 것이었다. 이상하게도 가슴이 뭉클했다. 땅바닥이 쐐기 모양으로 팬 곳에, 전몰자의 이름이 새겨진 검은 대리석 벽이 있다. 만져볼 수 있는 기념비다. 거기 새겨진 이름을 더듬어볼 수 있다. 사실 만져보지 않을 수가 없다. 거기 그가 있었다. 그 이름을 찾아냈다. 도널드 J. 랭킨. 가만히 이름을 쓸어내렸다. 기념비에서 물러 나와 흐느꼈다. 나랑은 아무 상관도 없고 잘 알지도 못하는 전쟁을 생각하며 울었다.

그게 몇 달 전의 일이었다. 지금은 1989년 여름이다. 지휘자 윌리엄스가 이끄는 앙상블은 연주회를 또 했을지도 모른다. 플루트와 바이올린과 오케스트라가 연주하는 〈로라 브룩스 협주곡〉을 연주했으려나.

한동안 사람들에게 매리듀 극장에서 열린 음악회를 이야기했다. 하지만 썰렁한 반응이 달갑지 않았다. 처음에는 '작곡가 존 모턴'이라고 말했다. 상대가 멍한 표정을 지으면 '미국 작곡가 존 모턴'이라고 다시 말했다. 그것으로도 통하지 않았다. '존 모턴이라는 미국 작곡가'로 말해야 한다는 것을 알 수 있었다. 하지만 그런 게 지겨웠다. '볼프강 모차르트라는 오스트리아 작곡가'라고 말해야 상대가 알아듣는다면 어떨까. 지금은 존 모턴은 나 혼자 마음속에 간직하고 있다.

친구는 워싱턴 D.C.를 떠났다. 여전히 프라이스 워터하우스에서 일하지만, 지금은 뉴욕에서 근무한다. 서로 계속 연락한다.

이스턴 항공사는 파산했다. 사건이 아직 진행 중이지만, 이제 난 관련 기사를 안 읽는다. 1984년 LA올림픽 조직위원장 피터 유베로스가 연관되었다는 것이 마지막으로 들은 소식이었다.

난 법대에 입학하게 됐다. 변호사가 되고 싶진 않지만 법학 학위가 훌륭한 도약대가 된다고들 말한다. 무엇을 향한 도약대일까? 난 똑똑하지만—사람들이 그렇게 말한다—뭘 하고 싶은지 모르겠다. 안정하지 못한다. 어느 날 어디선가 일을 하다가—넥타이를 매고 사무실에서 책상에 앉아 쳇바퀴 돌듯—고개를 들면 밖에서 날 보는 남자가 있을 것 같다. 난 그의 표정으로 알 것이다. 그가 '저 사람은 왜 더 요구하지 않을까?'라고 생각한다는 것을.

어느 늦은 저녁, 난 음악 하는 청소부를 만난 독특한 일화를 이야기한 후에, 의자를 밀치고 벌떡 일어나서 외칠 것 같다. '듣고 있니? 모든 게 말이다 ; 그래 ; 손 닿을 곳에 있었지'라고.

죽는 방식

Manners of Dying

• **죽는 방식 18**

발로우 부인께

캔토스 교도소 소장으로서 정보자유법에 따라, 아드님인 케빈 발로우가 유죄 판결을 받은 죄로 처형당한 경위를 편지로 알려드립니다.

케빈이 마지막 저녁 식사로 요청한 음식은, 크래커를 곁들인 야채수프와 그레이비 소스를 뿌린 칠면조 고기(흰 고기만 요구), 콩, 당근, 감자, 시저 샐러드, 레드와인, 치즈케이크였습니다. 그는 음식에 손을 대지 않았습니다.

케빈은 프레스턴 신부의 미사를 받지 않았습니다.

저녁과 밤에 이루어진 정기 점검에 의하면, 케빈은 흥분해서 잠을 못 잤습니다. 감방 안을 왔다 갔다 하고, 침대에 앉아 있다가, 몸을 일으켜 창밖을 내다보는 광경이 목격되었습니다.

오전 6시, 프레스턴 신부의 미사를 다시 제안하자, 케빈은 그를 만나게 해달라고 부탁했습니다. 둘 사이에 무슨 일이 있었는지는 비밀에 관한 윤리 규정의 보호를 받으므로, 프레스턴 신부와 하느님만 아실 겁니다.

오전 6시 50분 제가 주치의를 동반해서 감방에 들어가보니, 케빈은 방의 끝, 창문 아래에 프레스턴 신부와 함께 서 있었습니다. 아드님은 창백하고 겁에 질렸다고 하겠습니다. 제가 법정에서 법에 근거해서 송달한 처형을 명하는 판결문을 읽어주고, 판결을 시행하러 왔다고 알려주면서 이해하느냐고 물었습니다. 케빈은 반응을 보이지 않았지만, 이해했다고 믿습니다. 제가 같이 가자고 청했습니다. 케빈이 떨려서 걷지 못할 것 같아 경비 두 명이 부축했습니다. 폭력행위는 없었다는 것을 분명히 말씀드립니다.

복도를 걸을 때 케빈이 발을 옮기기 힘들어해서, 계속 경비들의 부축을 받아야 했습니다. 호흡도 힘들었습니다. 교수대를 보자, 호흡이 더욱 힘들어졌습니다.

닥터 로위가 케빈에게 처형은 통증이 없을 거라고 확인해주었습니다. 케빈은 의사의 팔을 붙들고, 떨리는 소리로 그것을 어떻게 아냐고 물었습니다. 닥터 로위는 교수형은 목을 조르는 게 아니라 목을 낚아채는 방식으로 죽게 하는 것이고, 순식간에 이루어지기 때문에 곧바로 의식을 잃게 돼 통증을 느낄 시간이 없다고 설명했습니다. 닥터 로위는 신체의 고통을 느끼지 않을 거라며 케빈을 안심시켰습니다.

케빈의 의료 기록에 흡연자로 명시되었기에, 제가 마지막 담배를 권했습니다. 그는 담배를 받아 들었지만 입에 물지 않았습니다. 제가 일 분쯤 마음을 가라앉힐 여유가 있다고 말하고, 의자를 권했습니다. 케빈은 앉아서 바닥을 내려다보았습니다.

일 분이 지나자, 제가 케빈에게 마지막 말이나 전할 이야기가 있는지 물었습니다. 그는 숨을 몰아쉬면서 "어머니께 사랑한다고 전해주세요"라고 말했습니다. 저는 틀림없이 전하겠다고 답했습니다. 그가 다시 말하려 했지만, 워낙 말을 더듬어서 제가 최선의 노력을 했는데도 알아들을 수가 없었습니다.

저는 케빈과 악수하면서 작별인사를 했습니다.

로스웨이 씨와 경비들이 케빈을 처형대로 데려가서, 트랩 위에 세웠습니다. 로스웨이 씨가 그의 손을 등 뒤로 묶고 머리에 두건을 씌우고, 목에 올가미를 맸습니다. 케빈은 바지에 소변을 봤습니다.

오전 7시 01분, 트랩이 떨어지면서 아드님 케빈 발로우는 고통 없이 죽었습니다.

저도 부인과 슬픔을 함께한다는 점을 믿어주십시오.

캔토스 교도소장
해리 팔링턴 올림

• 죽는 방식 213

발로우 부인께

캔토스 교도소 소장으로서 정보자유법에 따라, 아드님인 케빈 발로우가 유죄 판결을 받은 죄로 처형당한 경위를 편지로 알려드립니다.

케빈이 마지막 저녁 식사로 요청한 음식은 삶은 감자였습니다. 그는 감자 한 개만 먹었지만, 밤새 접시를 놔둬달라고 부탁했습니다.

프레스턴 신부가 이십일 분간 케빈과 같이 있었습니다. 둘 사이에 무슨 일이 있었는지는 비밀에 관한 윤리 규정의 보호를 받으므로, 프레스턴 신부와 하느님만 아실 겁니다.

저녁과 밤사이의 정기 점검에 의하면 케빈은 차분했습니다. 감방 안을 왔다 갔다 하고, 몸을 일으켜 창밖을 내다보는 것이 목격되었습니다. 1시 경 그는 침대에 누워 담요를 덮고 잠든 것 같았습니다.

오전 6시, 프레스턴 신부의 미사를 다시 제안하자, 케빈은 대답하지 않았습니다.

오전 6시 50분, 제가 주치의와 감방에 들어가보니 케빈은 무의식 상태로 담요를 덮고 침대에 누워 있었습니다. 곧 닥터 로위가 검진을 하고 사망했다고 판정했습니다.

케빈은 스스로 목숨을 끊었습니다. 양말에 감자를 넣은 다음 목구멍에 쑤셔서 질식사했다는 부검 결과가 나왔습니다. 사망 추정 시간은 오전 1시에서 오전 3시 사이입니다.

이런 말씀은 드리고 싶지 않지만(정말이지 그러고 싶지 않습니다만), 케빈이 스스로 정한 조건과 시간에 그 길을 선택했다는 사실이 부인께 위로가 되기 바랍니다.

저도 부인과 슬픔을 함께한다는 점을 믿어주십시오.

캔토스 교도소장
해리 팔링턴 올림

• 죽는 방식 319

발로우 부인께

캔토스 교도소 소장으로서 정보자유법에 따라, 아드님인 케빈 발로우가 유죄 판결을 받은 죄로 처형당한 경위를 편지로 알려드립니다.

케빈이 마지막 저녁 식사로 요청한 음식은, 사우전드 아일랜드 드레싱을 뿌린 아보카도 반 개, 레몬버터 소스를 뿌린 연어, 당근과 감자, 호주산 화이트와인, 초콜릿 아이스크림이었습니다. 그는 몇 초간 아이스크림을 먹은 것을 제외하면 음식에 손을 대지 않았습니다.

프레스턴 신부가 케빈과 십육 분간 같이 있었습니다. 둘 사이에 무슨 일이 있었는지는 비밀에 관한 윤리 규정의 보호를 받으므로, 프레스턴 신부와 하느님만 아실 겁니다.

저녁과 밤사이의 정기 점검에 의하면 케빈은 매우 동요하며 잠을 못 잤습니다. 그가 정신없이 감방 안을 왔다 갔다 하고, 혼잣말을 중얼대고, 몸을 일으켜 창밖을 바라보는 모습이 목격되었습니다.

새벽 6시, 프레스턴 신부의 미사 제안이 다시 있었지만 케빈은 웃음을 터뜨리고 몇 마디 중얼거린 외에 반응이 없었습니다.

새벽 6시 50분, 제가 주치의와 감방에 들어가보니 케빈은 침대에 걸터앉아 있었습니다. 명랑한 상태로 키득대고 있더군요. 사실 그는 저를 보자 웃음보를 터뜨렸습니다. 아드님은 얼굴을 붉히며 흥분했다고 말씀드리겠습니다. 그가 계속 웃었지만, 저는 법정에서 법에 근거해서 송달한 처형을 명하는 판결문을 읽어주고, 판결을 시행하러 왔다고 알려주면서 이해하느냐고 물었습니다. 케빈은 웃기만 했습니다. 저는 그가 제정신인지 염려되었습니다. 닥터 로위에게 법률적으로 정상 상태로 볼 수 있는지, 형 집행의 적법성에 의문을 가질 수 있는지 물었습니다. 닥터 로위는 전문가적인 견해로 케빈이 웃는 것은 심리적인 스트레스 때문이지 미쳐서는 아니며, 케빈이 상황을 이해하고 있다고 말했습니다. 저는 케빈에게 같이 가줄 것을 요구했습니다. 그는 계속 웃으면서 꼼짝하지 않았습니다. 그는 경비들에게 약간의 저항을 했지만—팔을 뿌리치고 몸을 돌리는 정도 이상은 아니었습니다—곧 순종했습니다. 폭력행위는 없었음을 분명히 말씀드립니다.

복도를 걸을 때 케빈은 계속 웃었고, 발을 옮기기 힘들어해서 경비들의 부축을 받아야 했습니다. 그는 교수대를 보자 더 심하게 웃었습니다. 그의 얼굴이 지나치게 붉고 호흡이 가쁜 것을 보자 저는 걱정스러웠습니다. 닥터 로위는 이 단계에서는 취할 조치가 없다면서, 위험하지 않으며 최악의 상태가 벌어진다 해도 산소 부족으로 인한 기절일 거라고 말했습니다.

닥터 로위는 처형은 통증이 없을 거라고 케빈을 안심시켰고, 그것은 사실입니다. 하지만 케빈이 그 말을 들었는지는 잘 모릅니다.

케빈의 의료 기록에 흡연자로 명시되었기에, 제가 마지막 담배를 권했습니다. 그는 계속 웃으면서 저를 무시했습니다. 제가 일 분쯤 마음을 가라앉힐 여유가 있다고 말하고, 의자를 권했습니다. 그는 의자에 털썩 앉아서 계속 웃어댔습니다.

일 분이 지나자, 제가 케빈에게 마지막 말이나 전할 이야기가 있는지 물었습니다. 그는 제 말을 못 들은 듯했습니다. 저는 웃음소리보다 큰 소리로 알아듣게 하려고 애썼지만, 소용이 없었습니다.

제가 악수를 하려고 해봤지만, 케빈은 장난이라도 치는 듯 매번 "으이크!" 하면서 계속 손을 뺐습니다. 저는 작별인사를 했습니다.

로스웨이 씨와 경비들이 케빈을 처형대로 데려가서, 트랩 위에 세웠습니다. 로스웨이 씨가 그의 손을 등 뒤로 묶고 머리에 두건을 씌우고, 목에 올가미를 맸습니다. 마지막 순간까지 케빈은 웃음을 멈추지 않았습니다.

오전 6시 58분, 트랩이 떨어지면서 아드님 케빈 발로우는 고통 없이 죽었습니다.

저도 부인과 슬픔을 함께한다는 점을 믿어주십시오.

캔토스 교도소장

해리 팔링턴 올림

• 죽는 방식 534

발로우 부인께

캔토스 교도소 소장으로서 정보자유법에 따라, 아드님인 케빈 발로우가 유죄 판결을 받은 죄로 처형당한 경위를 편지로 알려드립니다.

케빈이 마지막 저녁 식사로 요청한 음식은 캐비어, 샴페인, 작은 엽궐련이었습니다. 평범한 요청이 아니었지만 저희는 그대로 해주었습니다. 그는 캐비어를 꿀꺽 삼키고, 샴페인을 단숨에 들이켰습니다. 그리고 샴페인을 더 요구했습니다. 저는 반병 더 승인해주었습니다. 케빈은 이것도 먼젓번처럼 단숨에 마시고 더 달라고 요구했지만, 저는 거절했습니다. 제한이 있습니다.

케빈은 프레스턴 신부의 미사를 무뚝뚝하게 거절했습니다.

저녁과 밤사이의 정기 점검에 의하면 케빈은 동요해서 잠을 못 잤습니다. 그가 침대에 앉아서 계속 엽궐련을 피우고, 감방을 왔다 갔다 하고, 몸을 일으켜 창밖을 바라보는 모습이 목격되었습니다. 오후 10시 11분, 저는 그가 만나고 싶어한다고 들었습니다. 백 미터쯤 밖에서도 그의 고함이 들렸습니다. 제가 감방에 도착하자, 케빈은 왜 시간 낭비를 하게 하느냐며 당장 처형해줄 수 있는지 물었습니다. 저는 준수해야 하는 법적 절차가 있다고 설명했습니다. 그가 허세를 부린 것은 긴장감 때문이라 판단되어, 엽궐련 한 갑을 더 주었습니다.

오전 6시, 프레스턴 신부의 미사 제안이 다시 있었지만, 케빈은 가슴을 드러낸 여급이 술 쟁반을 들고 오는 게 더 좋겠다면서 다시 저를 소리쳐 부르기 시작했습니다.

오전 6시 12분, 제가 주치의와 가보니 케빈은 문을 발로 차면서 물건들을 치우라고 소리치고 있었습니다. 문이 열리자 그가 튀어나와서 경비들이 만류해야 했지만, 최소의 완력만 썼음을 분명히 밝힙니다. 아드님은 얼굴이 붉었고 분노하며 조바심을 냈다고 하겠습니다. 제가 법정에서 법에 근거해서 송달한 처형을 명하는 판결문을 읽어주는데 그는 계속 방해했습니다. 제가 얼른 다 읽고, 판결을 시행하러 왔다고 알려주면서 이해하느냐고 물었습니다. 제가 말을 마치기도 전에 그는 "알아알아알아안다구!"라고 소리치면서, 저희를 밀치고 감방에서 나가려 했습니다. 같이 가자고 청하는 절차는 생략했습니다.

경비들의 노력에도 불구하고, 저희는 복도를 걷기보다는 뛰다시피 지났습니다. 케빈은 교수대를 보자 달려들었고, 닥터 로위가 처형은 통증이 없을 거라고 설명하기도 전에 계단을 반쯤 올라섰습니다. 사실 처형에는 통증이 따르지 않습니다. 케빈은 "한데 금방 되겠지?"라고 물었습니다. 경비들이 그를 내려오게 했습니다.

제가 케빈에게 마지막 엽궐련을 권했습니다. 그는 거부했습니다. 제가 일 분쯤 마음을 가라앉힐 여유가 있다고 말하고, 의자를 권했습니다. 그는 화를 내며 거부했습니다.

저는 강요하지 않고, 마지막 말이나 전할 이야기가 있는지 물었습니다. 그는 "내 시간을 그만 낭비하슈!"라고 말했습니다.

저는 케빈과 악수하면서 작별인사를 했습니다. 그는 조바심치며 저와 악수하고, 닥터 로위와 프레스턴 신부, 로스웨이 씨의 손을 잡으며 모두의 빠른 승진을 기원했습니다.

케빈이 밀쳐서 다시 소란이 벌어졌고, 그는 로스웨이 씨나 경비들보다 먼저 교수대에 올라갔습니다. 그는 올가미를 목에 쓰고 트랩을 발길질하기 시작했습니다. 로스웨이 씨가 그의 손을 등 뒤로 묶고 머리에 두건을 씌웠습니다.

오전 6시 16분, 트랩이 떨어지면서 아드님 케빈 발로우는 고통 없이 죽었습니다.

저도 부인과 슬픔을 함께한다는 점을 믿어주십시오.

캔토스 교도소장
해리 팔링턴 올림

• 죽는 방식 541

발로우 부인께

캔토스 교도소 소장으로서 정보자유법에 따라, 아드님인 케빈 발로우가 유죄 판결을 받은 죄로 처형당한 경위를 편지로 알려드립니다.

케빈이 마지막 저녁 식사로 요청한 음식은 블루치즈 드레싱을 곁들인 샐러드, 소스를 뿌린 치즈버거 두 개(체다 치즈를 더 넣어서), 감자튀김, 광천수, 바닐라 아이스크림을 얹은 사과파이였습니다. 그는 햄버거 고기를 제외한 음식을 전부 먹고, 햄버거 고기는 냅킨에 싸서 접시에 두었습니다. 그리고 광천수를 더 요구했습니다.

프레스턴 신부가 케빈과 십육 분간 같이 있었습니다. 둘 사이에 무슨 일이 있었는지는 비밀에 관한 윤리 규정의 보호를 받으므로, 프레스턴 신부와 하느님만 아실 겁니다.

저녁과 밤사이의 정기 점검에 의하면 케빈은 매우 동요하며 잠을 못 잤습니다. 그가 감방 안을 정신없이 돌아다니고, 몸을 일으켜 창밖을 내다보는 모습이 목격되었습니다.

오전 6시, 프레스턴 신부의 미사 제안이 다시 있었고, 케빈은 신부를 만나게 해달라고 요구했습니다. 문이 열리자 케빈은 달아나려고 시도했습니다. 소동의 와중에 프레스턴 신부는 얼굴을 가격

당했습니다. 경비들이 케빈을 감방에 밀어 넣고 문을 잠갔습니다. 그는 프레스턴 신부를 만나겠다고 고집했습니다. 프레스턴 신부도 그러겠다고 했습니다. 저는 상황을 보고받았습니다. 케빈을 신뢰할 수 없어서, 프레스턴 신부와 대화하고 싶으면 창살문을 통해서 하라고 지시했습니다. 제한이 있습니다. 케빈과 프레스턴 신부는 삼 분간 대화했습니다. 둘 사이에 무슨 일이 있었는지는 비밀에 관한 윤리 규정의 보호를 받으므로, 프레스턴 신부와 하느님만 아실 겁니다.

오전 6시 50분 제가 주치의를 동반해서 감방에 들어가보니, 케빈은 문과 바닥 사이에 담요를 쑤셔 넣어 문을 막으려고 시도했더군요. 그는 감방 끝 쪽, 창문 밑에 서서 내버려두라고 소리쳤습니다. 아드님은 창백하고 겁먹고 몹시 공격적이었다고 하겠습니다. 그가 계속 고함을 질러댔지만, 저는 법정에서 법에 근거해서 송달한 처형을 명하는 판결문을 읽어주고, 판결을 시행하러 왔다고 알려주면서 이해하느냐고 물었습니다. 케빈은 못 한다고 소리쳤습니다. 제가 반복했습니다. 케빈이 여전히 이해 못 한다고 주장하자, 저는 그가 믿지 못하게 행동한다고 판단하고 같이 가달라고 요청했습니다. 그는 거부했습니다. 유감스럽지만 폭력적인 거부가 뒤따랐다고 알려드려야겠습니다. 경비들이 케빈을 제지하기 위해 반드시 필요한 만큼의 완력만 행사했음을 분명히 말씀드립니다.

케빈은 몸이 묶이고 재갈을 물린 채 복도를 걸으면서도, 계속 저항했습니다. 그는 교수대를 보자 더 거칠게 발버둥을 쳤습니다.

닥터 로위가 케빈에게 처형은 통증이 없을 거라고 확인해주었고 사실이 그렇습니다만, 케빈이 그 말을 들은 것 같지는 않습니다.

케빈의 의료 기록에 흡연자로 명시되어 있었지만, 저는 마지막 담배를 권하지 않았습니다. 제가 일 분쯤 마음을 가라앉힐 여유가 있다고 말했지만, 의자를 권하는 절차는 생략했습니다. 그의 저항이 워낙 거세서 경비들이 바닥에 앉혀 제지해야 했습니다.

일 분 후 마지막 말이나 전할 이야기가 있는지 묻고, 재갈을 풀어주었습니다. 그는 욕설을 퍼부었습니다.

저는 케빈에게 작별인사를 했지만, 그의 손이 묶여 있어서 악수는 하지 못했습니다.

로스웨이 씨와 경비들이 케빈을 처형대로 데려가서, 트랩 위에 세웠습니다. 로스웨이 씨가 억지로 두건을 씌우고, 목에 올가미를 맸습니다. 마지막까지 케빈은 고함과 발버둥을 그치지 않았습니다.

오전 7시 04분, 트랩이 떨어지면서 아드님 케빈 발로우는 고통 없이 죽었습니다.

저도 부인과 슬픔을 함께한다는 점을 믿어주십시오.

캔토스 교도소장
해리 팔링턴 올림

• 죽는 방식 760

발로우 부인께

캔토스 교도소 소장으로서 정보자유법에 따라, 아드님인 케빈 발로우가 유죄 판결을 받은 죄로 처형당한 경위를 편지로 알려드립니다.

케빈이 마지막 저녁 식사로 요청한 음식은 배였습니다. 그는 배를 먹지 않았습니다.

케빈은 프레스턴 신부의 미사를 보지 않았습니다. 대신 펜과 종이를 요구했습니다. 그에게 볼펜 한 자루와 줄이 그어진 종이 오십 장을 제공했습니다.

저녁과 밤사이의 정기 점검에 의하면 케빈은 침착했습니다. 감방 안을 왔다 갔다 하고, 몸을 일으켜 창밖을 내다보고, 바닥에 앉아서 침대를 책상 삼아 글을 쓰는 모습이 목격되었습니다. 오전 1시 14분, 그는 종이를 더 요구했습니다. 다시 종이 백 장이 제공되었습니다.

오전 6시, 프레스턴 신부의 미사 제안이 다시 있었고, 케빈은 또 거절했습니다.

오전 6시 50분 제가 주치의를 동반해서 감방에 들어가보니, 케빈은 바닥에 앉아서 침대를 책상 삼아 글을 쓰고 있었습니다. 아드님은 창백하고 분주했으며 얼굴이 붉었다고 하겠습니다. 제가 한

마디도 하기 전에 그는 쓰던 글을 마무리할 시간을 더 달라고 간청했습니다. 그의 왼쪽에는 빽빽하게 적은 종이가 한 덩어리 쌓여 있었습니다. 제가 시간을 얼마나 더 원하는지 물었습니다. 그는 "오래는 아닙니다. 세 장만 더 쓰면 됩니다"라고 대답했습니다. 이런 문제에 있어서 제게 약간의 재량권이 있습니다. 저는 케빈에게 끝나면 소리치라고, 하지만 서두르라고 말했습니다. 제가 감방에서 나오자 문이 닫혔고 그는 혼자 남겨졌습니다.

오전 7시 18분 케빈이 소리쳤습니다. 제가 주치의를 동반해서 감방에 들어가보니, 그는 몸을 일으켜 창밖을 내다보고 있었습니다. 침대에는 종이 더미가 단정히 놓여 있었습니다. 아드님은 창백하고 차분했다고 하겠습니다. 그는 제게 시간을 더 줘서 고맙다고 인사하고, 큰 봉투 한 장을 달라고 요구했습니다. 제가 경비를 보내서 봉투를 가져오게 했습니다. 저는 법정에서 법에 근거해서 송달한 처형을 명하는 판결문을 읽어주고, 판결을 시행하러 왔다고 알려주면서 이해하느냐고 물었습니다. 그는 이해한다고 대답했습니다. 제가 같이 가달라고 요청했습니다. 그는 종이뭉치와 봉투를 들고, 저와 같이 걸었습니다.

복도를 내려갈 때, 저는 약간 앞에 서 있었고 다른 사람들은 몇 걸음 뒤에서 걸었습니다. 케빈은 큰 봉투에 종이 뭉치를 넣고 봉했습니다. 그는 교수대를 보자 신음하면서 겁을 먹었지만, 가슴에 봉투를 꽉 안으며 위안을 받는 듯했습니다.

닥터 로위가 케빈에게 처형은 통증이 없을 거라고 확인해주었고 사실이 그렇습니다. 케빈은 고개를 끄덕였습니다.

케빈의 의료 기록에 흡연자로 명시되었기에, 제가 마지막 담배를 권했습니다. 그는 고개를 저었습니다. 제가 일 분쯤 마음을 가라앉힐 여유가 있다고 말하고, 의자를 권했습니다. 그는 의자에 앉아서, 손에 든 봉투를 바라보았습니다.

일 분 후 마지막 말이나 전할 이야기가 있는지 물었습니다. 그는 숨을 몰아쉬면서 "어머니에게 사랑한다고, 슬퍼하면 안 된다고 전해주십시오. 제가 여기 있다고 전해주세요"라고 말했습니다. 그리고 그는 봉투를 제게 주었습니다. 그 봉투는 이 편지에 동봉했습니다. 저는 꼭 그 말과 봉투를 전하겠다고 안심시켰습니다.

저는 케빈과 악수하면서 작별인사를 했습니다.

케빈이 일어나, 로스웨이 씨와 경비들을 따라 처형대로 가서 트랩 위에 섰습니다. 이때 그는 "아름다운 세상이지요, 안 그렇습니까?"라고 말했습니다. 저는 그렇다고 동의했습니다. 로스웨이 씨가 그의 손을 등 뒤로 묶고 머리에 두건을 씌우고, 목에 올가미를 맸습니다.

오전 7시 29분, 트랩이 떨어지면서 아드님 케빈 발로우는 고통 없이 죽었습니다.

저도 부인과 슬픔을 함께한다는 점을 믿어주십시오.

캔토스 교도소장

해리 팔링턴 올림

• 죽는 방식 985

발로우 부인께

캔토스 교도소 소장으로서 정보자유법에 따라, 아드님인 케빈 발로우가 유죄 판결을 받은 죄로 처형당한 경위를 편지로 알려드립니다.

케빈이 마지막 저녁 식사로 요청한 음식은, 고루 양념한 핫도그 두 개, 감자튀김, 루트비어(사르사파릴라 뿌리 등의 즙에 이스트를 넣은 알코올 성분이 거의 없는 음료—옮긴이)를 요구했습니다. 그는 핫도그에 든 소시지를 빼고 다 먹었고, 소시지는 냅킨에 싸서 접시에 놓았습니다. 그리고 루트비어를 더 요구했습니다.

프레스턴 신부가 케빈과 오십오 분간 같이 있었습니다. 둘 사이에 무슨 일이 있었는지는 비밀에 관한 윤리 규정의 보호를 받으므로, 프레스턴 신부와 하느님만 아실 겁니다.

저녁과 밤사이의 정기 점검에 의하면 케빈은 매우 동요하며 잠을 못 잤습니다. 그가 감방 안을 돌아다니고, 침대에 앉아 있다가, 몸을 일으켜 창밖을 내다보는 모습이 목격되었습니다. 새벽 2시 36분, 케빈이 저를 만나고 싶어한다는 보고를 받았습니다. 감방에 가보니, 그는 저에게 밖에 나가도 되는지 물었습니다. 이런 문제에 있어 제게 약간의 재량권이 있습니다. 캔토스 교도소에는 안전한 안쪽 뜰이 있습니다. 저는 경비들에게 케빈을 뜰로 안내해서 가능한 한 원하는 대로 하게 내버려두라고 지시했습니다. 케빈은 밤새도록 스트레칭과 팔굽혀펴기, 윗몸일으키기를 비롯한 체조를 했습니다. 제자리 뛰기와 머리 돌리기, 앞뒤로 조깅, 섀도복싱을 하고 바닥에 누워 하늘을 보았습니다. 맑은 밤이었습니다. 별이 무수히 많았지요.

오전 6시 프레스턴 신부의 미사 제안이 다시 있었고, 케빈은 신부를 만나게 해달라고 부탁했습니다. 둘 사이에 무슨 일이 있었는지는 비밀에 관한 윤리 규정의 보호를 받으므로, 프레스턴 신부와 하느님만 아실 겁니다.

오전 6시 50분 제가 주치의를 동반해서 뜰에 나가보니, 케빈과 프레스턴 신부는 나란히 걷고 있었습니다. 아드님은 창백하고 흥분했다고 하겠습니다. 저는 법정에서 법에 근거해서 송달한 처형을 명하는 판결문을 읽어주고, 판결을 시행하러 왔다고 알려주면서 이해하느냐고 물었습니다. 그는 고개를 끄덕였습니다. 제가 같이 가달라고 요청했습니다. 그는 저와 함께 뜰에서 나왔습니다.

복도를 걸을 때 제가 케빈보다 약간 앞서 걷고, 나머지 사람들은 몇 발자국 뒤에서 걷는데 그는 섀도복싱을 했습니다. 케빈은 교수대를 보자, 미친 듯이 잽과 훅과 어퍼컷을 날렸습니다.

닥터 로위가 케빈에게 처형은 통증이 없을 거라고 확인해주었고, 사실이 그렇습니다. 케빈은 고개를 끄덕였습니다.

케빈의 의료 기록에 흡연자로 명시되었기에, 제가 마지막 담배를 권했습니다. 그는 고개를 저었습니다. 제가 일 분쯤 마음을 가라앉힐 여유가 있다고 말하고, 의자를 권했습니다. 케빈은 고개를 끄덕였지만, 그대로 서서 섀도복싱을 계속했습니다.

일 분 후 마지막 말이나 전할 이야기가 있는지 물었습니다. 그는 숨을 몰아쉬며 "일 라운드, 녹아웃"이라고 말했습니다.

저는 케빈과 악수하면서 작별인사를 했습니다.

케빈이 로스웨이 씨와 경비들을 따라 천천히 처형대로 올라가서 트랩 위에 섰습니다. 로스웨이 씨가 그의 손을 등 뒤로 묶고 머리에 두건을 씌우고, 목에 올가미를 맸습니다. 케빈은 제자리 뛰기를 하다가 큰 소리를 내며 심호흡을 하기 시작했습니다.

오전 7시, 트랩이 떨어지면서 아드님 케빈 발로우는 고통 없이 죽었습니다.

저도 부인과 슬픔을 함께한다는 점을 믿어주십시오.

캔토스 교도소장

해리 팔링턴 올림

• 죽는 방식 991

발로우 부인께

캔토스 교도소 소장으로서 정보자유법에 따라, 아드님인 케빈 발로우가 유죄 판결을 받은 죄로 처형당한 경위를 편지로 알려드립니다.

케빈이 마지막 저녁 식사로 요청한 음식은, 티본 스테이크, 완두콩과 감자, 맥주, 피스타치오 아이스크림이었습니다. 그는 아이스크림을 제외한 음식에는 손을 대지 않았습니다.

케빈은 프레스턴 신부의 미사를 보지 않았습니다.

저녁과 밤사이의 정기 점검에 의하면 케빈은 매우 동요하며 잠을 못 잤습니다. 그가 감방 안을 돌아다니고, 침대에 앉아 있다가, 몸을 일으켜 창밖을 내다보는 모습이 목격되었습니다. 오후 10시 24분, 그는 잡지를 요구했습니다. 스포츠, 자연, 정치 관련 잡지들이 제공되었습니다. 오후 11시 03분, 저는 그가 저를 만나고 싶어 한다는 보고를 받았습니다. 감방에 가니 그는 제게 주사위 게임을 하겠냐고 물었습니다. 저는 게임을 좋아하지 않지만 그러자고 했습니다. 경비원을 시켜 게임 도구를 가져오게 했습니다. 케빈과 저는 밤새도록 주사위 게임을 했습니다. 우리는 대화를 했고, 주로 그가 제게 말했습니다. 저는 케빈에게, 어머니께 드리는 마지막 선물로 우리의 대화를 녹음하겠냐고 물었습니다. 그는 그러겠다고 했습니다. 녹음기를 감방으로 가져왔습니다. 이 편지에 테이프 네 개를 동봉합니다. 케빈은 주사위 게임에서 저를 크게 이겼습니다.

오전 6시, 프레스턴 신부의 미사 제안이 다시 있었고, 케빈은 다시 거절했습니다. 저는 케빈에게 게임을 그만하고 싶은지 물었습니다. 그는 계속하고 싶어했습니다.

오전 6시 52분 게임이 끝나자, 저는 케빈에게 시간이 됐다고 말했습니다. 그는 고개를 끄덕였습니다. 감방 문이 열리고 주치의가 들어왔습니다. 저는 법정에서 법에 근거해서 송달한 처형을 명하는 판결문을 읽어주고, 판결을 시행하러 왔다고 알려주면서 이해하느냐고 물었습니다. 그는 고개를 끄덕였습니다. 제가 같이 가달라고 요청했습니다. 그는 주사위 게임판을 들고 저와 걸었습니다. 경비 한 명이 게임판을 받으려 했지만 케빈은 거부했고, 저는 경비에게 그냥 놔두라고 지시했습니다. 폭력행위는 없었다는 점을 분명히 말씀드립니다.

복도를 걸을 때 케빈이 발을 옮기기 힘들어해서, 계속 경비들의 부축을 받아야 했습니다. 호흡도 힘들었습니다. 그는 교수대를 보자 신음하면서 겁에 질렸습니다.

닥터 로위가 케빈에게 처형은 통증이 없을 거라고 확인해주었고 사실이 그렇습니다. 케빈은 고개를 끄덕였습니다.

케빈의 의료 기록에 흡연자로 명시되었기에, 제가 마지막 담배를 권했습니다. 그는 고개를 저었습니다. 제가 일 분쯤 마음을 가라앉힐 여유가 있다고 말하고, 의자를 권했습니다. 그는 의자에 앉아서 바닥만 내려다보았습니다. 이즈음 그가 힘겹게 숨을 몰아쉬면서 말했습니다. "이 모든 일이 정말 유감스럽습니다." 저도 그렇다고 대답해주었습니다.

일 분 후 마지막 말이나 전할 이야기가 있는지 물었습니다. 그는 "이 모든 일이 정말 유감스럽습니다"라고 되풀이했습니다. 저도 그렇다고 똑같이 대답했습니다. 그가 다시 말하려 했지만, 워낙 말을 더듬어서 저는 최선의 노력을 했는데도 알아들을 수가 없었습니다.

저는 케빈과 악수하려 했지만, 그가 게임판을 놓으려 하지 않았습니다. 저는 작별인사를 했습니다.

로스웨이 씨와 경비들이 케빈을 처형대로 데려가서 트랩 위에 세웠습니다. 로스웨이 씨가 그의 손을 등 뒤로 묶고 머리에 두건을 씌우고, 목에 올가미를 맸습니다. 케빈은 바지에 소변을 보았습니다.

오전 7시 3분, 트랩이 떨어지면서 아드님 케빈 발로우는 고통 없이 죽었습니다.

저도 부인과 슬픔을 함께한다는 점을 믿어주십시오.

캔토스 교도소장
해리 팔링턴 올림

• **죽는 방식 1096**

발로우 부인께

캔토스 교도소 소장으로서 정보자유법에 따라, 아드님인 케빈 발로우가 유죄 판결을 받은 죄로 처형당한 경위를 편지로 알려드립니다.

케빈이 마지막 저녁 식사로 요청한 음식은 없습니다. 제가 가서 어떤 음식이든 먹을 수 있다고 말해주었지만, 그는 배고프지 않다고 했습니다. 저는 마음이 변하면 경비들에게 알리라고 말했습니다.

프레스턴 신부가 케빈과 밤새도록 같이 있었습니다. 둘 사이에 무슨 일이 있었는지는 비밀에 관한 윤리 규정의 보호를 받으므로, 프레스턴 신부와 하느님만 아실 겁니다.

저녁과 밤사이의 정기 점검에 의하면 케빈은 매우 동요하며 잠을 못 잤습니다. 그가 감방 안을 정신없이 돌아다니고, 몸을 일으켜 창밖을 내다보고, 바닥에 누워 프레스턴 신부의 무릎을 베고 있는 모습이 목격되었습니다. 그가 흐느끼는 소리도 들렸습니다.

오전 6시 50분 제가 주치의를 동반해서 감방에 들어가보니, 케빈은 감방 구석의 창 아래 앉아 있고 프레스턴 신부는 침대에 앉아 있었습니다. 케빈은 저를 보자 흐느끼기 시작했습니다. 아드님은 창백하고 몹시 겁에 질렸다고 하겠습니다. 저는 법정에서 법에 근거해서 송달한 처형을 명하는 판결문을 읽어주고, 판결을 시행하러 왔다고 알려주면서 이해하느냐고 물었습니다. 케빈은 흐느끼기만 했지만 저는 그가 이해했다고 믿습니다. 제가 같이 가달라고 요청했습니다. 경비들이 다가서자마자 그는 큰 소리로 울면서 자비를 베풀어달라고 했습니다. 그가 거듭 간청했습니다. 저는 슬프게도 그것은 제가 할 수 있는 일이 아니라고 설명했습니다. 케빈이 경비들에게 약간 저항했지만—팔을 뿌리치고 몸을 돌린 정도입니다—폭력행위는 없었다는 점을 말씀드립니다. 몸이 떨려서 걷지 못하는 것 같아서, 경비 두 명이 부축했습니다.

케빈은 복도를 걸으면서도 계속 흐느끼며 간청했습니다. 그는 처형대를 보자 바지에 소변을 보았고, 몸부림치기 시작했습니다. 갑자기 왼쪽 어깨를 잡으면서 "몸이 안 좋아요"라며 훌쩍대더니 쓰러졌습니다. 곧 닥터 로위가 진찰한 후 심장 정지라는 진단을 내렸습니다. 닥터 로위가 몇 분간 심폐소생술을 실시했지만 심장 박동을 살릴 수가 없었고, 오전 7시 06분 사망 판정을 내렸습니다. 의사와 경비들이 분주히 움직이는 동안, 케빈은 꼼짝 않고 누워 저를 응시했던 기억이 납니다.

이런 말씀은 드리고 싶지 않습니다. 정말이지 드리고 싶지 않은 말씀입니다.

저도 부인과 슬픔을 함께한다는 점을 믿어주십시오.

캔토스 교도소장

해리 팔링턴 올림

비타 애터나 거울 회사:

왕국이 올 때까지 견고할 거울들

The Vita Aeterna Mirror Company:

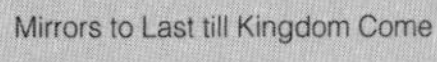

Mirrors to Last till Kingdom Come

"그이를 만나던 일이 기억나는구나. 다정한 그이. 1928년 여름이었지. 난 열여섯 살이었고, 흰옷을 입고 있었지. 또 밀짚모자를 썼는데, 모자가 너무 작아서 계속 바람에 날아갔어. 바로 그랑드—리비에르에서였지. 난 여름 몇 주 동안 부이용 신부님과 같이 지내고 있었단다. 베란다

에 서서, 산책을 나갈 때 이
모자를 써야 될지 고민했지.
모자가 너무 작아서 계속 손
으로 누르고 있어야 했거든.
아니면 잘 맞지만 흰 드레스
랑 어울리지 않는 모자를 써
야 될까. 내가 베란다에 서서
한참 고민을 하는데, 두 남자
가 탄 자동차가 집에서 십오
미터쯤 떨어진 곳에 멈추더구
나. 운전석에서 의사가 내렸
지. 그 시절에는 의사들은 차
에 특별한 번호판을 달고 있
어서, 그가 의사인 줄 알았지.
그는 보닛을 열더니 몸을 숙
였고. 뭘 했는지는 나도 모르
지. 그는 급한 눈치였어. 다른
사람은 거들지 않았지. 그냥
축 늘어져서 차에 앉아 있더
구나. 나중에 알았지만, 내 미
래의 남편은 그 사람을 태우
고 병원으로 가는 중이었지.

그이가 일이 분쯤 엔진을 만
지더니 크랭크를 꺼냈어. 그
가 크랭크를 돌리자 엔진이
걸렸지. 그는 급히 운전석으
로 돌아갔지. 나는 아무 말
없이 가만히 서서 이 광경을
지켜보았단다. 그 사람, 의사
는 날 보지 않았어. 다른 남
자가 봤지. 차는 길 아래로
사라졌고, 바람이 불어서 내
모자가 날아갔지. 나는
어쩌고저쩌고 어쩌고저쩌고

이런, 또 시작이군.

어쩌고저쩌고 어쩌고저쩌고
어쩌고저쩌고 어쩌고저쩌고
어쩌고저쩌고 어쩌고저쩌고
어쩌고저쩌고 어쩌고저쩌고
어쩌고저쩌고 어쩌고저쩌고
어쩌고저쩌고 어쩌고저쩌고
어쩌고저쩌고 어쩌고저쩌고
어쩌고저쩌고 어쩌고저쩌고
어쩌고저쩌고 어쩌고저쩌고

허구한 날 똑같은 얘기.

어쩌고저쩌고 어쩌고저쩌고

어쩌고저쩌고 어쩌고저쩌고
어쩌고저쩌고 어쩌고저쩌고
어쩌고저쩌고 어쩌고저쩌고
어쩌고저쩌고 어쩌고저쩌고
어쩌고저쩌고 어쩌고저쩌고
어쩌고저쩌고 어쩌고저쩌고 머리가 터지기 일보직전.
어쩌고저쩌고 어쩌고저쩌고
어쩌고저쩌고 어쩌고저쩌고
어쩌고저쩌고 어쩌고저쩌고
어쩌고저쩌고 어쩌고저쩌고
어쩌고저쩌고 어쩌고저쩌고
어쩌고저쩌고 어쩌고저쩌고

(그사이 기계는 부지런히 소리를 내며 돌아갔다. 나는 기계에 손을 댔다. 진동이 느껴졌다.)

어쩌고저쩌고 어쩌고저쩌고
다음 날은 화창했고, 우체국
에 갔다가 집으로 걸어오는데
바로 그 차가 내 쪽으로 다가
오는 거야. 해가 내 뒤에 있어
서 그 의사의 눈이 빛났지. 차

에 선바이저가 없어서, 그는
챙이 긴 모자를 쓰고 있었어.
차가 더 가까이 다가오자 거
기 적힌 글귀가 보이더구나.
'신부를 찾습니다'라는 빨간
글씨가 적혀 있었지. 당연히
그는 총각이었어. 그이가 나중
에 그 모자는 친구가 준 선물
이라고 말했지. 그이는 그 순
간 정말 신부라도 찾는 사람처
럼 눈을 가늘게 뜨고 길 앞쪽
을 응시하면서 지나갔지. 이번
에도 날 못 봤어. 가끔 그렇게
멋있게 정신을 딴 데 파는 사
람이었지. 한 번은 그이가
어쩌고저쩌고 어쩌고저쩌고
어쩌고저쩌고 어쩌고저쩌고
어쩌고저쩌고 어쩌고저쩌고
어쩌고저쩌고 어쩌고저쩌고
어쩌고저쩌고 어쩌고저쩌고

(나는 할머니 댁에 갔다가, 지하실에서 이 기계를 발견했다. 처

음에는 그냥 나무 상자처럼 보였다.)

어쩌고저쩌고 어쩌고저쩌고
어쩌고저쩌고 어쩌고저쩌고
어쩌고저쩌고 어쩌고저쩌고

(또 쓰레기구만! 하고 생각했다.)

어쩌고저쩌고 어쩌고저쩌고
어쩌고저쩌고 어쩌고저쩌고
어쩌고저쩌고 어쩌고저쩌고
어쩌고저쩌고 어쩌고저쩌고
어쩌고저쩌고 어쩌고저쩌고
어쩌고저쩌고 어쩌고저쩌고
어쩌고저쩌고 어쩌고저쩌고

(할머니는 물건에 집착한다. 뭘 버리는 법이 없다. 가치 없는 물건이 없지. 새댁 시절 대공황을 겪었고, 전쟁이 끝난 직후에 남편이 죽어서 홀몸으로 네 아이를 키워야 했다. 할머니는 상실, 고독, 궁핍, 힘든 시절을 이기며 산전수전 다 겪었다. 열심히 일하고, 이런저런 직업을 전전하고, 신중한 투자와 절약의 결과로 자식들을 키울 수 있었다—사실 자식 농사에 성공했다. 언론인, 의사, 시인

이자 외교관, 베네딕트 수녀회 소속 수녀로 키웠으니. 하지만 할머니는 힘든 길에 따른 성공의 대가를 잊지 못한다. '결핍'이란 단어를 너무 오래 알아서, 그 반의어인 '충족'을 이해하지 못한다. 잭런던 소설에 나오는 금광 시굴자랑 비슷하다. 굶주림에서 구제된지 몇 달 후에도 주머니와 집 안 구석구석에 견과류며 비스킷, 통조림, 어포를 감춘 그 사람이랑.)

어쩌고저쩌고 어쩌고저쩌고
어쩌고저쩌고 어쩌고저쩌고
컵과 쿠키가 담긴 쟁반을 들고 갔지.
그런데 거실에 들어가니 내
앞에 떡 누가 있겠니! 아직도
그 모습이 눈에 선하구나! 꼿
꼿하게 서 있던 그 모습이. 그
친절한 얼굴과 예쁜 눈으로
바라보던 모습…… '신부를
찾습니다' 의사였어. 그는 내
게 미소 지었고 나도 생긋 웃
었지. 부이용 신부님이 마을
에 의사를 초빙하면서, 당신
집에 예쁜 아가씨가 많다고
말했다더구나. 우린…… 의

사와 나는 그날 잠시 이야기
를 나누었고, 다음 이 주 동안
그가 올 때마다 더 이야기했
지. 그이는 진지하고 세심한
사람이었어. 나중에 내게 그
러더구나. 처음 나를 만난 날
집을 떠나면서 부이용 신부님
에게 "제 아내감이 있네요"라
고 속삭였다고. 나는 그이가
어쩌고저쩌고 어쩌고저쩌고
어쩌고저쩌고 어쩌고저쩌고

(나는 상자를 옆으로 밀어보았다. 찾던 물건이 아니었다. 나는 할머니의 눈신을 찾던 참이었다. 지하실을 기어 다니며 코트를 보관하는 옷장을 뒤졌다. 할머니는 눈신을 신고 나가고 싶어했다. 하지만 예상외로 상자가 묵직했다. 칠 킬로그램은 족히 될 것 같았다. 또 반들반들한 호두나무로 만든 상자였다.)

어쩌고저쩌고 어쩌고저쩌고
어쩌고저쩌고 어쩌고저쩌고
어쩌고저쩌고 어쩌고저쩌고

(호기심이 동해서, 상자를 당겼다. 너비는 약 사십 센티미터, 길이는 약 삼십 센티미터, 높이는 약 이십 센티미터쯤이었다. 사실 상자가 아니었다. 열리지 않았으니까. 무슨 기계 같았다. 길쭉한 면의 아랫부분에 일 센티미터쯤 되는 긴 구멍이 뚫려 있었다. 빨간 벨벳 입구가 드러났고, 당기니 열 개쯤 되는 롤러가 있었다. 뭔가가 여기로 들어가거나 나오는 게 분명했다. 이 구멍 위로 왼쪽 부분에 온도계와 비슷한 튜브가 나무에 박혀 있었다. 튜브의 꼭대기 부근에는 '최대', 바닥 부근에 '최소'라는 빨간 글씨가 표시되어 있었다. 구멍과 튜브의 맞은편 면에는 작은 황동 손잡이가 달린 문이 보였다. 미닫이문이었다. '양질의 흰 모래만'이라는 문구가 새겨진 문은 딸깍 소리를 내며 열렸다. 양쪽에 둥근 패널이 있었다. 한쪽에는 '이 선을 넘지 마시오'라고 적혀 있었다. 문 안을 들여다봤지만 보이는 게 없었다. 난 문을 닫았다. 기계의 윗부분에는 구멍 세 개와 명판 하나가 있었는데, 가장자리 근처에 있는 작은 구멍은 온도계 모양의 튜브와 수평을 이루었고 '순도 높은 은물만'이라고 새겨져 있었다. 맞은편 구석에 있는 구멍 옆에는 '순도 높은 기름만'이라고 적혀 있었고, 더 큰 세 번째 구멍은 코르크 마개로 막혀 있었다. 가운데 금색 못이 박힌 길쭉한 명판이 있었다. 거기에 '비타 애터나 거울 회사, 포트 호프, 온타리오주. 왕국이 올 때까지 견고할 거울들'이라고 적혀 있었다.)

어쩌고저쩌고 어쩌고저쩌고

어쩌고저쩌고 어쩌고저쩌고
어쩌고저쩌고 어쩌고저쩌고
어쩌고저쩌고 어쩌고저쩌고

(“눈신을 찾았니? 내가 내려가야겠니?” 위에서 궁금해하는 목소리가 들렸다.

“아직 못 찾았어요. 금방이면 돼요.” 내가 대답했다. 다시 옷장으로 들어갔다. 어마어마한 구두, 장화, 슬리퍼, 운동화 더미 속에서 눈신을 발견했다. 또 기계가 있던 자리 근처에 ‘비타 애터나 거울 회사’의 로고가 찍힌 회색 주머니가 보였다. 나는 그걸 꺼냈다. 고고학자처럼 조심스럽게 헝클어진 신발과 코트들을 원래대로 해놓고, 옷장 문을 닫았다. 옷장에서 찾아낸 물건들을 챙겨서 위층으로 올라갔다.)

어쩌고저쩌고 어쩌고저쩌고
어쩌고저쩌고 어쩌고저쩌고
어쩌고저쩌고 어쩌고저쩌고
어쩌고저쩌고 어쩌고저쩌고
어쩌고저쩌고 어쩌고저쩌고

(할머니가 지하실 계단 끝에서 날 기다리고 있었다. 할머니는 팔십 대 초반이다. 품위를 지키느라 옷을 잘 입어서, 늘 좋아하는 색

깔인 보라색 한두 가지로 맞춘다. 노년의 흔한 문제 몇 가지—백내장(수술 받음), 관절염, 몸이 나른한 것—를 제외하면 완벽한 건강 상태다. 할머니는 혼자 외로이 지낼 때 못 한 대화를 다 모았다가, 속사포처럼 말한다. 듣기도 하지만, 때로는 남의 말을 안 듣는다. 가끔은 상대의 말이 메뉴라도 되는 양 한 단어나 한 구절에서 따와서 줄줄이 말을 늘어놓기도 한다. 할머니의 믿음은 굳건하고 탄탄해서 난공불락의 지경이고, 태도는 편협하지는 않지만 확고하다. 중요한 질문으로 고민하지 않는다. 이제는 인생살이에서 위로를 가져다준 대답의 한계 내에서만 질문한다. 할머니는 물론 나를 사랑하지만, 노인이라 편견이 있다. 내가 신앙심이 부족하다며 아쉬워한다. 또 내 존재에 대한 머뭇거림(예를 들면 이십 대가 아니라 삼십 대에 가까우면서도 확실한 직업이 없고, 대학 공부를 내던져버렸고, 살면서 소중한 일을 해내지 못했다는 것)을 이해 못 하는 할머니는 조바심을 낸다. 내가 헤맨다고 생각한다. 할머니는 내게 말한다. 우린 집처럼 단단히 서야 한다고, 배처럼 마냥 출렁대면 안 된다고. 할머니에게 세상은 하느님이 운영하는 곳으로, 선하고 열심히 일하면 결국에는 상을 받고 악하고 게으르면 결국에는 벌을 받는 곳이다. 할머니는 카드 게임을 잘 못 하고—나보다도 형편없다—속임수를 쓴다. 할머니는 나를 사랑하고, 나도 할머니를 사랑한다—그렇다고 둘이 늘 잘 지낸다는 뜻은 아니다.)

어쩌고저쩌고 어쩌고저쩌고

어쩌고저쩌고 어쩌고저쩌고
어쩌고저쩌고 어쩌고저쩌고
어쩌고저쩌고 어쩌고저쩌고
어쩌고저쩌고 어쩌고저쩌고
어쩌고저쩌고 어쩌고저쩌고
어쩌고저쩌고 어쩌고저쩌고

(“이게 뭐냐?” 할머니가 묻는다.

“제가 여쭤보려던 건데요.” 내가 대답한다.

“세상에.” 할머니는 자세히 보더니 탄성을 지른다. 할머니의 목소리가 변한다. “오래된 물건이지. 아직 갖고 있다는 사실도 잊고 있었네.” 할머니가 기계를 쓰다듬었다.)

어쩌고저쩌고 어쩌고저쩌고
어쩌고저쩌고 어쩌고저쩌고
어쩌고저쩌고 어쩌고저쩌고
어쩌고저쩌고 어쩌고저쩌고

(난 할머니 집을 둘러보았다. 어울리지 않는 가구들이 죽 늘어서 있다고 말해야겠다. 짝이 맞는 접시나 조리도구, 침구, 수건이 없다. 그저 육십 년 살림 동안 남아난 것만 있을 뿐이다. 또 성물이 넘쳐난다(현관문 위에는 십자가가, 벽에는 성모 마리아와 예수의

석판화가, 벽난로 위에는 관광지에서 산 성상들이 있고, 문 뒤쪽에는 큼직한 나무 묵주가 늘어뜨려져 있다. 교황의 사진도 많다). 자식들이 독립한 후 할머니는 단체 관광을 다니기 시작했고, 전 세계의 잡동사니들을 집에 가져왔다(우조〔그리스 술의 일종—옮긴이〕 술병으로 만든 램프, 가짜 그리스 화병 골동품, 이스터섬의 석상과 비슷한 조각상, 아프리카 가면, 스위스산 뻐꾸기시계, 태평양의 큰 조개, 튀니지산 새장, 보랏빛 러시아 인형들, 중국산 그릇 등등). 할머니는 낚시와 정원 가꾸기를 좋아해서, 그런 활동에 필요한 도구가 많다. 그 외에도 별별 물건이 다 있다. 부피 재는 도구, 잡동사니, 가재도구, 자질구레한 장신구. 할머니는 미다스의 손을 가졌다. 손대는 물건마다 영원토록 보존되니까. 집은 작은데 피아노까지 있단 말을 했던가?)

어쩌고저쩌고 어쩌고저쩌고
어쩌고저쩌고 어쩌고저쩌고
어쩌고저쩌고 어쩌고저쩌고

(나는 기계를 부엌으로 가져가서 식탁에 놓고, 눈신은 바닥에 내려놓았다.

"이게 뭐에요?" 내가 물었다.

"오래된 장비지. 거울 기계야."

할머니는 그 말을 하면서, 거실의 벽난로 위에 붙은 대형 거울을 고개로 가리켰다. 난 그것을 바라보았다.)

어쩌고저쩌고 어쩌고저쩌고
어쩌고저쩌고 어쩌고저쩌고

(거울에 어깨가 둥글고 머리가 하얗게 센 노부인과 진지한 표정의 젊은 남자 사진이 붙어 있었다.)

어쩌고저쩌고 어쩌고저쩌고
어쩌고저쩌고 어쩌고저쩌고

("거울 기계가 뭔데요?"

"거울을 만드는 기계지. 내가 젊었을 때는 이걸 갖고 거울을 만들었단다."

그런 기계가 있다는 말은 처음 들었다. "아직도 작동이 돼요?"

"안 될 이유가 있나. 어디 보자……."

할머니는 앉아서, 굽은 손가락으로 천 주머니를 열었다. 내가 옆에 앉았다. 할머니는 회색 플라스틱 병을 꺼냈다. 은색 글씨로 '은물'이라고 적혀 있었다. 할머니가 뚜껑을 돌려서 열고, 병을 거꾸로 들어서 노즐을 기계의 은물 넣는 구멍에 넣었다. 하지만 병을 누르자, 노즐이 구멍을 벗어나며 나무에 커다란 방울이 생겼다.)

어쩌고저쩌고 어쩌고저쩌고
어쩌고저쩌고 어쩌고저쩌고

("제가 해볼게요." 내가 말했다.
병은 크기에 비해 꽤 묵직했다. 나는 은물 방울을 찬찬히 살폈다. 노즐을 방울의 표면에 대고 병을 살짝 누르니, 은방울의 크기가 커졌다. 병을 누르던 손을 떼니 은물이 다시 병으로 들어갔다.)

어쩌고저쩌고 어쩌고저쩌고
어쩌고저쩌고 어쩌고저쩌고

("잘했다. 은은 비싸거든." 할머니가 말했다.)

어쩌고저쩌고 어쩌고저쩌고
어쩌고저쩌고 어쩌고저쩌고

(나는 노즐을 기계의 구멍에 대고 병을 눌렀다. 은 기둥이 튜브의 바닥에 나타났다. 은물을 계속 채웠다. 은물이 '최대'와 '최소'의 중간까지 채워지자, 할머니는 "그만하면 됐다"고 말했다. 나는 병을 잠깐 더 누르다가 멈추었다.)

어쩌고저쩌고 어쩌고저쩌고

어쩌고저쩌고 어쩌고저쩌고

(할머니는 주머니에서 작은 기름병과 모래를 꺼냈다. 모래는 검은색과 노란색과 흰색이 섞인 종이 통에 들어 있었다. 종이 통에는 바닷가에 흑인이 서 있는 그림이 그려져 있었다. 행복하고 환한 웃음의 흑인은 밀짚모자를 쓰고 다 떨어진 옷을 입었다. 흑인 위쪽의 하늘에 '노박 자마이카산 고운 모래'라고 적혀 있었다. 잘 안 보이는 팔 부분에 작은 꾸밈체 글씨로 '왕실 고운 흰 모래 납품업자'라고 씌어 있었다.)

어쩌고저쩌고 어쩌고저쩌고
어쩌고저쩌고 어쩌고저쩌고
어쩌고저쩌고 어쩌고저쩌고
어쩌고저쩌고 어쩌고저쩌고
어쩌고저쩌고 어쩌고저쩌고

(할머니가 말했다. "이 부근에서 나는 싸구려 모래를 쓰는 사람들도 있었지. 하지만 그러면 거울이 뿌옇게 되거든. 카리브해에서 난 모래가 최고급이지.")

어쩌고저쩌고 어쩌고저쩌고
어쩌고저쩌고 어쩌고저쩌고

어쩌고저쩌고 어쩌고저쩌고
어쩌고저쩌고 어쩌고저쩌고
어쩌고저쩌고 어쩌고저쩌고

(할머니가 모래를 작은 문에 넣을 때, 나는 기계 속으로 기름을 뿜었다.)

어쩌고저쩌고 어쩌고저쩌고
어쩌고저쩌고 어쩌고저쩌고
어쩌고저쩌고 어쩌고저쩌고
어쩌고저쩌고 어쩌고저쩌고

(할머니는 한숨을 쉬었다. "마지막으로 이 기계를 사용한 게 오십 년은 됐을 게야. 내가 젊었던 시절에도 기계가 낡고 유행이 지났지. 지금이야 훨씬 수월하게 살지. 철물점에 가서 공장에서 만든 거울을 사면 되니까. 투명하고, 크기와 모양도 원하는 대로 고르지."

할머니는 잠시 말을 멈추었다. 그리고 허공을 보았다. 할머니의 입술이 떨렸다.

"아아, 네 할아버지는 이 기계를 못마땅해하곤 했지. 평소에는 참을성 많은 양반이었는데. 거울을 만들 때는 벌떡 일어나서 달려나가 당장 거울을 사려고 들었지. 나는 '거울 살 형편이 못 되잖아요. 돈이 없다구요. 또 기계를 얻었잖아요. 이걸로 만들어봐요'라고 말하곤 했지. 그 양반은 화를 냈어. 하지만 정말로 돈이 없었거든. 어쩌겠니? 돈을 못 버는 양반이었는데. 환자들을 공짜로 치료해주는 일이 잦았고, 환자가 약을 못 살 형편이면 약값까지 대주던 양반이지. 나는 '가세요, 가서 산책하고 쉬고 책이나 읽어요. 내가 마저 만들 테니. 저리 가요!'라고 말했지. 하지만 그이는 그 예쁜 눈으로 날 빤히 바라보기만 했어. 그러다가 다시 내 곁에 앉았고, 우린 함께 거울을 만들었지."

할머니의 한숨에 떨림이 묻어났다.

"우린 이 기계를 돌리며 긴 시간을 참았지. 그런 일이 수없이 많았어." 할머니가 침을 삼켰다. 눈가가 빨개졌다.)

어쩌고저쩌고 어쩌고저쩌고
어쩌고저쩌고 어쩌고저쩌고

(다른 날 같았으면 할머니의 말을 뚝 자르면서, 기계가 어떻게 작동되느냐고 물었을 것이다. 하지만 그 날은 특별한 이유 없이 할머니가 느릿느릿 이야기를 해도 가만히 있었다. 다시 벽난로 위에 달린 거울을 보았다. 제대로 된 거울이 아니라는 것은 전부터 알았다. 할머니가 가진 거울들 중 말짱한 건 없었다. 하나같이 울퉁불퉁하고, 여러 군데 얼룩이 있었다. 하지만 세월이 흘러서라고 짐작했지, 손으로 만들어서 그런 줄은 까맣게 몰랐다.)

어쩌고저쩌고 어쩌고저쩌고
어쩌고저쩌고 어쩌고저쩌고

(할머니는 양손으로 얼굴을 문질렀다. 그리고 기계를 쳐다보았다. "아직도 작동이 될지 궁금하구나." 할머니가 조용히 말했다.)

어쩌고저쩌고 어쩌고저쩌고
어쩌고저쩌고 어쩌고저쩌고
어쩌고저쩌고 어쩌고저쩌고

(할머니가 주머니에서 놀라운 것을 꺼냈다. 뿔이었다. 축음기 모양인데 크기만 작았다. 폭이 좁은 쪽은 나사의 이가 달린 짧은 황동 튜브에 딱 맞았다. 다른 끝은 굴곡지고 꽃잎처럼 퍼진 모양이었다. 보통은 플라스틱으로 만들었겠지만, 이것은 진짜 상아였다. 동물 보호 차원에서는 옳지 않겠지만. 크림색이 도는 흰색 상아에는 차갑고 얇은, 검은 금이 나 있었다. 바깥쪽에는 섬세한 아라베스크 장식이 있고, 안쪽으로는 나선형이 밑으로 내려가는 줄무늬가 있었다. 할머니는 기계 윗면의 세 번째 구멍에서 코르크 마개를 빼고, 뿔을 끼웠다. 수월하게 삼백육십 도가 돌아갔다.)

어쩌고저쩌고 어쩌고저쩌고
어쩌고저쩌고 어쩌고저쩌고

어쩌고저쩌고 어쩌고저쩌고

(이제 기계는 완전히 조립되었다. 구식이고 독특하면서 아름다웠다.)

어쩌고저쩌고 어쩌고저쩌고
어쩌고저쩌고 어쩌고저쩌고
어쩌고저쩌고 어쩌고저쩌고

(내가 어떻게 작동하는지 묻기 직전에 할머니는 한숨을 쉬었다.)

어쩌고저쩌고 어쩌고저쩌고
어쩌고저쩌고 어쩌고저쩌고
어쩌고저쩌고 어쩌고저쩌고
어쩌고저쩌고 어쩌고저쩌고

("정말 착한 사람이었는데. 그런 사람을 내게 주신 하느님께 매일 감사드린단다. 이십이 년간의 행복을 누린 끝에 하느님은 그이를 빼앗아가셨지만, 그보다 열 배의 고통을 견뎌야 한다고 해도 그 이십이 년은 그럴 가치가 충분히 있었지.")

어쩌고저쩌고 어쩌고저쩌고
어쩌고저쩌고 어쩌고저쩌고
어쩌고저쩌고 어쩌고저쩌고
어쩌고저쩌고 어쩌고저쩌고
어쩌고저쩌고 어쩌고저쩌고

(할아버지 이야기를 들은 것은 처음이 아니었다. 할아버지는 내가 태어나기 오래전에 췌장암으로 돌아가셨고, 어릴 적부터 그는 '선함의 표본'으로 내 기억에 남아 있다. 친절하고 사려 깊은 사람이었고, 헌신적인 남편이자 좋은 아버지, 뛰어난 의사, 재치와 교양이 있는 사람, 자연을 사랑한 사람이었다. 현명하고 생각이 깊고, 너그럽고, 양식 있고, 점잖고 합리적이고, 분별력 있고, 지혜롭고 온건하고, 진지하고 겸손하고, 꾸준하고 미덕을 갖춘 사람이었다. 질투와 나태, 거짓, 술, 육욕 근처에도 안 가는 사람이었고 사악한 마음이나 거드름, 변덕, 무례함이라는 말은 애초에 모르는 사람이었다. 또 마법 같은 푸른 눈의 소유자로—그 대목이 정점이었다—내 눈은 비교가 안 된다나.)

어쩌고저쩌고 어쩌고저쩌고
어쩌고저쩌고 어쩌고저쩌고

(내게 그는 흑백 사진 속에서만 존재하기에, 직접 외모를 검증

할 수 없고 파란 눈도 확인할 수 없다. 사진 속의 할아버지는 키가 작고 약간 통통한 사내로 대머리에 둥근 얼굴이었다. 작은 코밑수염을 기르고. 미남도 추남도 아니다. 다른 특성은 미스터리로 남아 있다. 난 가끔 사진들을 보면서 그의 인품을 추론해보려 할 뿐. 얼어붙은 자세 너머의 인간을 상상하려 노력한다. 친절해 보이기는 한다. 어쩌면 큰 야망 없이 가족과의 조용한 삶을 사는 데 만족하는 친절한 사람 같다. 수줍고. 나직한 목소리일 테고.)

어쩌고저쩌고 어쩌고저쩌고
어쩌고저쩌고 어쩌고저쩌고

("어떻게 하는 거예요?" 잠시 조용한 틈을 타서 내가 물었다.

"추억들이 떠오르는구나."

"네?"

"이게 추억들을 떠올린다고 했다. 기억들, 기념품들, 사연들, 과거."

할머니는 갑자기 예쁜 체하면서 머리를 손질했다. 그리고 헛기침을 했다.)

어쩌고저쩌고 어쩌고저쩌고
어쩌고저쩌고 어쩌고저쩌고

(추억들이라고?)

어쩌고저쩌고 어쩌고저쩌고
어쩌고저쩌고 어쩌고저쩌고
어쩌고저쩌고 어쩌고저쩌고
어쩌고저쩌고 어쩌고저쩌고
어쩌고저쩌고 어쩌고저쩌고
어쩌고저쩌고 어쩌고저쩌고
어쩌고저쩌고 어쩌고저쩌고

(할머니가 입을 뿔에 댔다. 할머니가 분명히 말했다. "나는…… 나는 기억하지…….")

어쩌고저쩌고 어쩌고저쩌고
어쩌고저쩌고 어쩌고저쩌고
어쩌고저쩌고 어쩌고저쩌고

(날카로운 딸깍 소리. 이어서 아주 이상한 소음이 났다. 작은 증기 기관차가 출발하기 시작하는 듯한 소리. 분명히 기계 안에서 나는 소리였다.)

어쩌고저쩌고 어쩌고저쩌고

어쩌고저쩌고 어쩌고저쩌고
어쩌고저쩌고 어쩌고저쩌고

("아직도 작동이 되는구나! 세상에, 세상에나." 할머니는 손을 입에 대며 말했다.)

어쩌고저쩌고 어쩌고저쩌고
어쩌고저쩌고 어쩌고저쩌고

(할머니가 그 이야기를 시작한 것은 그때였다.)

어쩌고저쩌고 어쩌고저쩌고
어쩌고저쩌고 어쩌고저쩌고
어쩌고저쩌고 어쩌고저쩌고
어쩌고저쩌고 어쩌고저쩌고
어쩌고저쩌고 어쩌고저쩌고
어쩌고저쩌고 어쩌고저쩌고
어쩌고저쩌고 어쩌고저쩌고
어쩌고저쩌고 어쩌고저쩌고
어쩌고저쩌고 어쩌고저쩌고
어쩌고저쩌고 어쩌고저쩌고

("그이를 만나던 일이 기억나는구나. 다정한 그이. 1928년 여름이었지. 난 열여섯 살이었고, 흰옷을 입고 있었지. 또 밀짚모자를 썼는데, 모자가 너무 작아서 계속 바람에 날아갔어. 바로…….")

어쩌고저쩌고 어쩌고저쩌고
어쩌고저쩌고 어쩌고저쩌고
어쩌고저쩌고 어쩌고저쩌고
어쩌고저쩌고 어쩌고저쩌고
집이 있는 레비스로 돌아가던
날, 그이는 편지를 보내면 답
장해줄 거냐고 내게 물었지.
나는 그이의 편지를 모두 간
직하고 있단다. 한 달 남짓한
동안 서른일곱 통을 받았지.
서른일곱 번째 편지에서 그이
는 청혼하러 오겠다고 알려줬
지. 그이는 청혼하러 오려고
새 양복을 샀고, 차를 닦고 왁
스칠을 했지. 용기도 얻을 겸,
내 부모님께 인품을 증명해주
기도 할 겸 부이용 신부님도
모시고 왔지. 9월 초의 어느

토요일이었고 우리는 교회 옆에서 만나기로 했지. 나는 그의 차가 다가오는 것을 봤어. 부이용 신부님이 잠시 자리를 비켜준 동안, 내 남편은…… 서른 살이었지만 나만큼이나 수줍었던 그이가 내게 결혼해 달라고 말했지. 그이는 키스를 하고 싶어했지만—그랬다면 난 거부하지 않았을 거야—사람들이 지나갔지. 나는 집까지 내달렸고, 시간이 지나기를 기다리느라 침대에 앉아 책을 읽었는데, 한 줄도 들어오지 않았지. 행복에 도취되어 '좋아요! 좋아요! 좋아요!'란 말이 가슴속에서 울려댔지. 그이는…… 내 잘생긴 기사님은 약속 시각에 정확히 왔지. 부이용 신부님은 내 부모님께 보낸 편지에서 이미 의사 친구에 대해 좋은

말을 여러 번 한 터였지. 사제
치고는 지나치다 싶게 말을
많이 했고, 모든 게 술술 풀렸
어. 이듬해 봄, 나는 열일곱
살이 되었고, 육 개월 후에는
여인이 되었지. 육 개월 동안
이 착한 남자는 내 몸에 손도
대지 않았어. 얼마나 잘 보살
피고 존중하고 다정한 사람이
었는지. 그런 사람을 만나는
복을 누리다니 난 정말 운이
좋았지. 더 나은 사람을 만날
수는 없었을 게다. 그런 선물
을 주신 하느님께 매일 감사
드리지. 그이가 세상을 떠난
후로 여러 남자한테 청혼을
받았지만, 그이를 대신할 사
람은 아무도 없어. 아, 하느
님. 저는 얼마나…… 얼마나
고통스러웠는지요!"

할머니가 울고 있다.

(이런 소란이 벌어져도 기계는 속도가 느려지거나 멈추지 않고 딸깍, 딸깍 더 세게 돌아갔다.)

그이는 죽어가면서 내게 말
했어. '그래도 우리 아이들에
게 좋은 엄마가 있다는 것을
알고 죽으니 다행이오.' 난 아
버지가 대견해하는 아이들로
키우려고 뼈가 부서지도록 일
했지. 하느님이 아시겠지만
쉽지 않은 일이었지. 그 시절
아이 넷을 거느린 과부라니.
하지만 난 견뎌냈단다. 해야
될 일을 했지. 애들 아버지는
우리 아이들을 자랑스러워하
겠지! 다들 착한 아이들이지.
걔들도 희생을 했어. 아버지
가 본보기가 되어…….
어쩌고저쩌고 어쩌고저쩌고
어쩌고저쩌고 어쩌고저쩌고
어쩌고저쩌고 어쩌고저쩌고
어쩌고저쩌고 어쩌고저쩌고

어쩌고저쩌고 어쩌고저쩌고
어쩌고저쩌고 어쩌고저쩌고
어쩌고저쩌고 어쩌고저쩌고
어쩌고저쩌고 어쩌고저쩌고
어쩌고저쩌고 어쩌고저쩌고
어쩌고저쩌고 어쩌고저쩌고
어쩌고저쩌고 어쩌고저쩌고
어쩌고저쩌고 어쩌고저쩌고
어쩌고저쩌고 어쩌고저쩌고
어쩌고저쩌고 어쩌고저쩌고
어쩌고저쩌고 어쩌고저쩌고
어쩌고저쩌고 어쩌고저쩌고
어쩌고저쩌고 어쩌고저쩌고
어쩌고저쩌고 어쩌고저쩌고
어쩌고저쩌고 어쩌고저쩌고
어쩌고저쩌고 어쩌고저쩌고
어쩌고저쩌고 어쩌고저쩌고
어쩌고저쩌고 어쩌고저쩌고
어쩌고저쩌고 어쩌고저쩌고
어쩌고저쩌고 어쩌고저쩌고
어쩌고저쩌고 어쩌고저쩌고
어쩌고저쩌고 어쩌고저쩌고

이 여인……

주름진 보드라운 하얀 얼굴.
초록색이지만 지금은 빨개진 눈.
어릴 때부터 아는 분통이 터질
만큼 익숙한 얼굴. 말로 표현
못해도,
가족들은 너무 잘 아는
뾰로통한 입매,
빤히 쳐다보는 저 눈길.
내가 태어나서

어쩌고저쩌고 어쩌고저쩌고
지금까지 아는 여인.
어쩌고저쩌고 어쩌고저쩌고

어쩌고저쩌고 어쩌고저쩌고
하지만 아주 오래 더
어쩌고저쩌고 어쩌고저쩌고
알지는 못하겠지.
어쩌고저쩌고 어쩌고저쩌고
어쩌고저쩌고 어쩌고저쩌고

어쩌고저쩌고 어쩌고저쩌고
할머니의 무엇이 남게 될까?
어쩌고저쩌고 어쩌고저쩌고
물건들. 이 산더미 같은 쓰레기.
어쩌고저쩌고 어쩌고저쩌고
몽땅 내가 질색하는 것들이잖아?
어쩌고저쩌고 어쩌고저쩌고
어쩌고저쩌고 어쩌고저쩌고
어쩌고저쩌고 어쩌고저쩌고
어쩌고저쩌고 어쩌고저쩌고
어쩌고저쩌고 어쩌고저쩌고
어쩌고저쩌고 어쩌고저쩌고
어쩌고저쩌고 어쩌고저쩌고
어쩌고저쩌고 얘야?

"뭐라고 하셨어요?"

"귀가 먹었니? 사진첩을
갖다달라고 했다."

"네, 알았어요."

(사진첩은 피아노 근처의 책꽂이에 있었다. 여러 권이 꽂혀 있

다. 가장 오래된 것은 표지를 나무판으로 대서 묵직한 검은 종이를 끈으로 묶은 모양이고, 나머지는 요즘 사진첩처럼 붙이거나 투명한 비닐에 넣는 식이다. 나는 다섯 권을 들고 갔다.)

고맙구나. 어디 보자……
여기 그이가 있네. 여기……
어쩌고저쩌고 어쩌고저쩌고
어쩌고저쩌고 어쩌고저쩌고
어쩌고저쩌고 어쩌고저쩌고

('신비로운 사나이'의 사진들. 의대 졸업식 사진.)

어쩌고저쩌고 어쩌고저쩌고
어쩌고저쩌고 어쩌고저쩌고 난 할머니의 잡동사니가 싫다.
어쩌고저쩌고 어쩌고저쩌고 밀실공포증을 안겨주거든.
어쩌고저쩌고 어쩌고저쩌고

(이 집의 식탁에 앉아서 카메라를 바라보는 사진.)

어쩌고저쩌고 어쩌고저쩌고
어쩌고저쩌고 어쩌고저쩌고 전선에 불꽃만 살짝 튀면
어쩌고저쩌고 어쩌고저쩌고 해결될 텐데.

어쩌고저쩌고 어쩌고저쩌고

(숲속 오솔길에서 오른손에 지팡이를 든 모습.)

어쩌고저쩌고 어쩌고저쩌고
어쩌고저쩌고 어쩌고저쩌고 　　할머니가 안 계실 때,
어쩌고저쩌고 어쩌고저쩌고 　　작은 불이 나면
어쩌고저쩌고 어쩌고저쩌고 　　잡동사니가 싹 정리될 텐데.
어쩌고저쩌고 어쩌고저쩌고

(바위가 많은 세인트로렌스 강변에서 바람에 앞머리가 흩날리는 사진.)

어쩌고저쩌고 어쩌고저쩌고
어쩌고저쩌고 어쩌고저쩌고 　　난 이런 식으로 인생을 살지
어쩌고저쩌고 어쩌고저쩌고 　　않을 거야. 그건 확실하다.
어쩌고저쩌고 어쩌고저쩌고

(나룻배 끝에 앉아 있는 사진. 젊은 여성, 즉 할머니는 뱃전에 앉아 있다.)

어쩌고저쩌고 어쩌고저쩌고

어쩌고저쩌고 어쩌고저쩌고　　행복은 다양한 크기의 물건
어쩌고저쩌고 어쩌고저쩌고　　속에 있는 게 아니다.
어쩌고저쩌고 어쩌고저쩌고　　행복은 커다란 제품 속에
어쩌고저쩌고 어쩌고저쩌고　　있는 게 아니라구.

(정원 의자에 앉아 두 소년을 안고 있는 사진. 그중 한 아이가 일곱 살인 내 아버지.)

어쩌고저쩌고 어쩌고저쩌고
어쩌고저쩌고 어쩌고저쩌고　　난 물질을 통해서 존재하지
어쩌고저쩌고 어쩌고저쩌고　　않을 거야. 물질은 날 냉담하게
어쩌고저쩌고 어쩌고저쩌고　　만든다.

(텐트 앞에서 자식 모두와.)

어쩌고저쩌고 어쩌고저쩌고
어쩌고저쩌고 어쩌고저쩌고　　아름다운 것들은 박물관에 두자.
어쩌고저쩌고 어쩌고저쩌고　　아님 자연 속에 있게 하거나.
어쩌고저쩌고 어쩌고저쩌고

(햇살이 쏟아지는 눈밭에 앉은 할머니. 환한 미소를 짓고 있다.)

어쩌고저쩌고 어쩌고저쩌고
어쩌고저쩌고 어쩌고저쩌고
어쩌고저쩌고 어쩌고저쩌고　　내가 사는 집보다는 머릿속을 채
어쩌고저쩌고 어쩌고저쩌고　　우는 데 더 마음이 쏠린다.
어쩌고저쩌고 어쩌고저쩌고　　가본 방 중 가장 아름다운
어쩌고저쩌고 어쩌고저쩌고　　방은 빈방이었다.
어쩌고저쩌고 어쩌고저쩌고

(할아버지가 죽기 몇 주 전에 찍은 정면 사진.)

어쩌고저쩌고 어쩌고저쩌고
어쩌고저쩌고 어쩌고저쩌고
어쩌고저쩌고 어쩌고저쩌고
어쩌고저쩌고 어쩌고저쩌고　　빛과 먼지가 가득한 창고.
어쩌고저쩌고 어쩌고저쩌고　　전망 좋은 빈 다락방.
어쩌고저쩌고 어쩌고저쩌고　　해안선.
어쩌고저쩌고 어쩌고저쩌고　　대초원.
어쩌고저쩌고 어쩌고저쩌고
어쩌고저쩌고 어쩌고저쩌고
어쩌고저쩌고 어쩌고저쩌고

(안락의자에 등을 기대고 앉아, 무릎에 담요를 덮고 잠든 모습.

이때부터 아팠을까?)

어쩌고저쩌고 어쩌고저쩌고
어쩌고저쩌고 어쩌고저쩌고 나의 황폐하고 풍부한
어쩌고저쩌고 어쩌고저쩌고 인간미가 가장 뚜렷이
어쩌고저쩌고 어쩌고저쩌고 드러난 모든 곳.
어쩌고저쩌고 어쩌고저쩌고

(해변에 앉아 멀리 바라보는 모습)

어쩌고저쩌고 어쩌고저쩌고 "심령이 가난한 자는
어쩌고저쩌고 어쩌고저쩌고 복이 있나니."
어쩌고저쩌고 어쩌고저쩌고 사실이다. 심령이 복이 있는
어쩌고저쩌고 어쩌고저쩌고 자는 물질적으로
어쩌고저쩌고 어쩌고저쩌고 가난하다.

(단체 사진. 왼쪽에서 두 번째.)

어쩌고저쩌고 어쩌고저쩌고
어쩌고저쩌고 어쩌고저쩌고 난 소유의 포로가 되고 싶지
어쩌고저쩌고 어쩌고저쩌고 않다. 난 인간적인 것
어쩌고저쩌고 어쩌고저쩌고 외에는 바라지 않는다.

어쩌고저쩌고 어쩌고저쩌고　　아무것도.
어쩌고저쩌고 어쩌고저쩌고
어쩌고저쩌고 어쩌고저쩌고
어쩌고저쩌고 어쩌고저쩌고

(서서 카메라를 쳐다보는 전신상. 배경은 불분명하고, 엄지를 제외한 손은 주머니에 찌른 모습.)

어쩌고저쩌고 어쩌고저쩌고
어쩌고저쩌고 어쩌고저쩌고
그러고 나서 눈을 감았지.
아, 가슴이 찢어지는구나!"

할머니가 다시 운다.

(기계음이 최고조가 된다. 마구 흔들리기도 한다.)

"왜입니까, 하느님? 허구한 사
람 중에 하필 왜 제 사랑인가
요? 전 당신의 지혜를 의심한
적이 한 번도 없어요. 그런데
왜 하필 그이입니까? 온몸과

마음으로 그이를 사랑했지. 이
십이 년간 그이와 행복했어.
이십이 년간은 밤에 잠자리에
드는 것도 기쁨이었고 아침에
깨는 것도 기쁨이었고, 낮에
일을 보는 것도 기쁨이었지.
그런데, 그런데 이런 상상도
못 할 끝을 맞다니? 그 후 어
떻게 살았냐고? 산 게 아니지.
다시는 되돌아올 수 없게 돼버
린 그날, 내 일부는 죽었어. 죽
는 날까지 나는……
어쩌고저쩌고 어쩌고저쩌고
어쩌고저쩌고 어쩌고저쩌고
어쩌고저쩌고 어쩌고저쩌고
어쩌고저쩌고 어쩌고저쩌고
어쩌고저쩌고 어쩌고저쩌고
어쩌고저쩌고 어쩌고저쩌고
어쩌고저쩌고 어쩌고저쩌고
어쩌고저쩌고 어쩌고저쩌고
어쩌고저쩌고 어쩌고저쩌고
어쩌고저쩌고 어쩌고저쩌고

난 인간적인 것 외에는
바라지 않는다.
아무것도.

어쩌고저쩌고 어쩌고저쩌고
어쩌고저쩌고 어쩌고저쩌고
어쩌고저쩌고 어쩌고저쩌고
어쩌고저쩌고 어쩌고저쩌고
어쩌고저쩌고 어쩌고저쩌고
어쩌고저쩌고 끝났다!"　　　　　에?

(끝은 불쑥 왔다. 할머니는 마지막 한마디를 외쳤다. 기계가 딸깍 소리와 함께 멎었다. 나직이 바람 부는 소리가 나기 시작했다.

"이게 다인가요?"

내가 물었다.

"충분히 됐지."

할머니가 대답했다.

뭔가 가는 끽끽 소리가 났다. 일 분쯤 지났을까, 소리가 멈추었다. 쇠가 구르는 소리가 났다. 빨간 벨벳 구멍으로 뭔가 나와 식탁에 떨어졌다.

내 눈이 작은 타원형 거울에 쏠렸다.

"됐구나."

할머니가 말했다. 할머니는 거울을 집더니, 얼굴을 비추며 만족스러워했다.

"좋구나. 흠이 없어. 큰 거울을 만들 때는 가끔 흠이 생기거든. 특히 구석 근처에 생기지. 아주 오래도록 말을 해도, 맞춤한 거울이 만들어지지 않을 때도 있어. 하지만 주머니 거울의 경우는 꽤 잘 나오지."

나는 거울을 손에 들었다. 따끈했다. 뒷면은 회색의 납빛이었다. 내 얼굴을 비쳤다.

뭔가 눈에 들어왔다. 거울을 빛에 비쳐 자세히 살폈다.

"그건 없어질 게다. 거울이 완전히 마르면 없어지지."

할머니가 말하는 것은 인쇄된 글이었다. 각도를 제대로 맞춰서 보면 거울의 은색 표면에 인쇄된 글이 겹겹이 있었다.)

(이제 난 그 부문의 전문가처럼 되었다. 돋보기로 보면 오래된 거울에는 보통 두 군데에 인쇄된 글이 있을 가능성이 있다. 은이 가장 얇게 입혀진 맨 가장자리와 특히 산화 작용이 인쇄되게 만드는 착색된 부분이다. 인쇄된 글을 해독한 적도 두 번 있다. 처음은 뉴욕의 골동품 상점에서였다. 소박하지만 멋진 골동품 손거울이 독일인의 작품이었다고 주인에게 말해주었다. 착색된 곳 가운데 'gans allein'이라는 단어가 있었다. 두 번째는 할머니 댁에 다시 갔을 때였다. 침실 거울의 가장자리에 'ortneuf'라는 글자가 있었다. 어떤 문구의 일부인지는 할머니께 여쭤보고야 알았다. 할머니는 "생—레이몽—포르뇌프"라고 말해주었다. 나는 할아버지가 어디서 태어났는지 이렇게 해서 알게 되었다.

요즘 거울은 흥미롭지 않다. 공장에서 제조되고, 아주 선명하다. 그 안에 읽어낼 문구 따윈 없다.)

(할머니는 20세기 후반의 애니미스트(만물에 영혼이 있다고 믿는 정령 신앙자—옮긴이)였다. 살림살이 전부에 영이 깃들어 있어서, 오랜 삶에서 함께한 사람이나 일을 말해준다고 했다. 할머니의 물건은 죽은 이들과의 매개체였다. 할머니는 세인트로렌스강 남쪽 마을에서 혼자 살았지만, 사실 작은 집에는 온갖 영혼들이 부산스럽게 기거했다.)

(할머니가 내게 그 거울을 주었다. 여전히 소유는 내게 버겁지만—내가 사는 아파트는 휑하고, 옷도 거의 없고, 가진 것도 별로 없다—이 거울은 내게 소중한 재산이다. 가끔 꺼내 들여다보면서, 내가 바보스럽게도 몰랐던 모든 말들을 상상하려고 애쓴다.)

역자 후기

캐나다 출신의 얀 마텔은 2002년 『파이 이야기』로 부커상을 수상한 세계적인 작가다. 이번에 소개하는 『헬싱키 로카마티오 일가 이면의 사실들』은 중편소설 한 편과 단편소설 세 편을 모은 작품집으로, 마텔의 데뷔작이다. 2년 전, 이 책보다 늦게 나온 『파이 이야기』를 우리말로 옮기면서 나는 그를, 정말 타고난 이야기꾼이라고 생각했고, 이번 작품집을 옮기면서는 장편, 중편 가릴 것 없이 삶의 이야기를 이렇게 다양하게 변주해낼 수 있는 작가의 창의력에 놀랐다. 다양한 이야기들을 중단편이라는 길이의 제약 속에서도 조급함 없이, 밀도 있게 풀어내는 글솜씨가 정말 감탄스러웠다.

1991년 '저니 상'을 받은 중편 「헬싱키 로카마티오 일가 이면의 사실들」은 에이즈에 감염되어 죽어가는 대학 후배와 그의 곁을 지키는 '나'의 이야기다. 그들은 생의 마지막 시간들을 의미 있게 보내기 위해 20세기에 일어난 다양한 사건들과 가상의 가족 이야기들을 교차시키며 써 내려간다. 한 집안의 가족사와 20세기의 사건들 중 은유적으로 맥을 같이하는 사건을 열거한 소설 속의 소설인 액자소설의 형식인 셈이다. 여기에 짧은 생애를 마감하는 후배와 그의 가족을 지켜보는 청년 화자 '나'의 마음이 잘 녹아들어, 인생에 대한 깊은 울림을 느끼게 한다.

「미국 작곡가 존 모턴의 〈도널드 J. 랭킨 일병 불협화음 바이올린 협주곡〉을 들었을 때」는 캐나다인 대학생이 워싱턴 D.C.에서 우연히 재향군인회의 음악 발표회에 참석하게 되면서, 음악을 통해 베트남전쟁의 경험과 그 후의 현실들에 대해 공감하게 되는 이야기를 담은 작품이다.

「죽는 방식」은 사형수들이 사형 집행을 받기까지 목격한 내용을 그들의 어머니에게 전하는 편지글 형식의 글이다. 작가는 같은 상황에서 죽음을 맞이하는 사람들이 빚어내는 다채로운 풍경들을 단조로우나 섬세하게 그려낸다.

「비타 애터나 거울 회사: 왕국이 올 때까지 견고할 거울들」은 이십 대 청년인 손자가 할머니에게 거울 만드는 법과 거기에 담긴 기억의 가치를 배우는 과정을 그린다. 할머니가 손자에게 과거사를 이야기하면서 거울 만드는 기계로 거울을 만드는 법을 가르쳐주는 풍경은 낯설기도 하고 신비롭기도 하다. 울룩불룩한 거울에 비치는 현실과 그 저변에 깔린 과거의 기억들이 뒤엉키면서 또 다른 삶의 모습이 드러난다.

네 편 모두 얀 마텔의 소설답게 형식의 파괴라고 할 만큼 독특하게 구성되어 있다. 이야기를 읽는다기보다 '따라간다'라는 표현이 옳을 만치, 그의 이야기는 풍경을 빚어낸다. 작가가 보여주는 삶의 풍경 속에 우리가 하나의 점으로 서 있는 것만 같다.

마텔의 작품에서는 찬 공기를 호흡하는 느낌을 맛보게 된다. 삶이 주는 엄연함이랄까, 그런 깊은 감정의 경험을 하게 된다. 하지만 그것은 건조한 경험이 아니다. 다양한 삶과 인간의 이야기가 씨실과 날실처럼 얽혀서 풍요로운 정경을 자아낸다.

너무나 다른 작품 네 편을 옮기면서 참으로 다채롭다는 생각이 들었다. 이 상상력 풍부한 작가가 다음에는 또 어떤 이야기로 우리를 찾아올지 궁금하다. 두 권의 소설을 옮기면서 얀 마텔이라는 작가를 진심으로 좋아하게 되었다.

2006년 11월, 공경희

헬싱키 로카마티오 일가 이면의 사실들

초판 1쇄 발행일 2006년 11월 24일
개정판 1쇄 발행일 2018년 2월 13일

지은이 / 얀 마텔
옮긴이 / 공경희
펴낸이 / 박진숙
펴낸곳 / 작가정신
편집 / 김종숙 황민지
디자인 / 용석재
마케팅 / 김미숙
홍보 / 박중혁
디지털콘텐츠 / 김영란
관리 / 윤선미
인쇄 및 제본 / 한영문화사

주소 (10881) 경기도 파주시 문발로 207
대표전화 031-955-6230 팩스 031-944-2858
이메일 editor@jakka.co.kr 블로그 blog.naver.com/jakkapub
페이스북 facebook.com/jakkajungsin 인스타그램 instagram.com/jakkajungsin
출판등록 제406-2012-000021호

ISBN 979-11-6026-067-0 03840

이 도서의 국립중앙도서관 출판시도서목록(CIP)은 서지정보유통지원시스템 홈페이지(http://seoji.nl.go.kr)와 국가자료공동목록시스템(http://www.nl.go.kr/kolisnet)에서 이용하실 수 있습니다.
(CIP제어번호 : CIP2018002645)